首輪をはずすとき

丸山健二

駿河台出版社

目次

第1部

震災を読み解く

丸山です。

無理からぬこととは思いますが、特に初対面の方にとっては私のこの風体からして反文学的なイメージを抱くやもしれません。

つまり、愛や優しさのたぐいとは相反する、非常に暴力的な印象をお持ちになるのではないかと、いささかそんな危惧を抱いているのです。しかしまあ、これはひとえに不徳の致すところでしょうから、やむを得ないことだと思ってすでに諦めています。

さて、最初にはっきり申し上げておきますが、だからといって、このトークショウのテーマがけっして組関係や極道の世界のそれというわけではありません。どうかそのへんのところをご承知おきください（笑）。

また、それとは別に、お断りしておかなければならないことがあります。

ある新聞なんですが、今日のこのイベントについてこんな紹介の記事を掲載していました。たしか「丸山健二、このたびの震災を語る」といった内容だったと記憶しています。でも、これは正しくありません。誤解があります。

実を申しますと、本日のトークショウは、東日本大震災が起きるずっと以前に、ええと半年くらい前ですか、すでに決まっていた企画なんです。その内容は、最近、相次いで出版した三冊の本に関しての講演ということだったんです。

そして、何が起きようとも、よしんば世界がひっくり返ったとしても、その目的を絶対に押しとおす覚悟を固めていましたところ、時勢というのは恐ろしいもので、せっかくの決意も大津波と大地震の余波にあっと言う間に呑みこまれてしまい、当初の意図とは違ったものにすり替わる羽目になりました。

だからといって、片意地を張るのもおとなげないことです。こうして大勢の皆さんを前にしながら、日本全体を揺るがすほどの、ひょっとするとわが国の未来がすっかり閉ざされてしまうかもしれないというほどの激変を完全に無視し、ひと言のコメントも発することなく避けて通るというわけにもゆきません。

それに、実を申しますと、私個人としましても、今回の未曾有の大惨事については語りたいことが山ほどありまして、内心うずうずしているというのが偽らざる気持ちなんです。

ただ、そうは言ってもですね、この話について本気で語ろうとすれば与えられている一時間や二時間ではとても終わりそうにありません。

ことほど左様に重いテーマを抱えこんでいる大問題だからです。しまいには日本人の精神構造についてまで掘り下げる必要があり、たとえ一昼夜ぶっ通しで喋ったとしても語り尽くせないことでしょう。あるいは、永遠に答えの出ない、極めて奥深い、そして深刻な内容なのかもしれません。

まあ、そういうことでして、今日のところはひとまず核心のほんの一部について触れおくだけにとどめておきましょう。

これはあくまで私見なのですが、東日本大震災をひと言で表現すると、「第二の敗戦」ということになるんでしょうか。

ひとつには、六十数年前にあった、国と国とが潰し合い、人と人とが殺し合う、あの本物の戦争における、惨めな敗戦。

そしてもうひとつは、あれから六十数年後の今、世界的な規模の経済戦争に挑んだ結果としての敗戦。

いちじるしく性質の異なったこのふたつの戦争には、因縁めいた共通点が多々見受けられます。

日本に止めを刺したのは、片や、原子爆弾、片や、原子力発電所。いずれも核物質が深く関わっています。

また、ミッドウエイの海戦や、硫黄島における惨敗や、沖縄での惨劇は、さしずめバブルの崩壊であり、あこぎな取り引きをくり返したあのリーマン社に端を発するショックによる景気の後退であるのかもしれません。

不謹慎という非難を覚悟で言いますと、この先、人の住める土地ではなくなる可能性が高いという意味においてですが、福島県を満州国の喪失にたとえることができるかもしれません。

地震が発生してしばらく経ってから、天皇がテレビに出演してメッセージを伝えていました。あの画像を観ながら、昭和天皇の玉音放送を連想した人はけっして少なくなかったと思います。年配の方なら、たぶん私と似たような感慨を持ったことでしょう。

国家と国家が総力を挙げて大殺戮を演じる戦争と、冷酷さの点においては本物の戦争と少しも引けを取らない経済の戦争。

わが国はこのふたつの戦争に挑んでこてんぱんの目にあわされ、敗北の憂き目を見たのです。

このふたつの重大な戦争の敗因ははっきりしています。単純明快です。たったひとつしかないのですから。

そのひとつというのは、要するに「身の程知らず」です。これに尽きます。ほかの原因など思い当たりません。

先の戦争を始めたときの日本は、世界で有数の貧乏国でした。

国民は食うや食わずの苦しい生活を強いられているのに、当時の天皇家は世界一の金持ちだったのです。それでも国民は税金を絞り取られ、国家予算の大半が軍事費に当てられ、現在の北朝鮮をとても嗤えないような異常な国家を形成しており、世界の国々から爪はじきにされていました。

そのあげくに、どうやったところで勝てっこない戦争にあっさりと首を突っ込みました。仕掛けた相手はと言いますと、本物の大金持ちの国、正真正銘のゆとりの大国、あのアメリカです。武士道などといったたぐいの貧しさ故の精神論が通じるような相手では絶対にありません。

要するに、幼児が大男に喧嘩を売ったようなものです。それでも幸運に幸運が重なったせいで真珠湾の奇襲作戦にはどうにか成功したんですが、それくらいで勝利につながるような甘い戦争ではありません。つまり、敗戦は始める前からわかり切っていた結論ということになるでしょう。

敵を知らず、おのれも知らずという、孫子の兵法に著しく反する戦を本気で始めるなんて、日本を牛耳っていた上層部の連中の頭脳の何とお粗末なことでしょう。これはもう身の程知らずという以前の問題です。天皇を現人神にまつりあげて戦えばどうにかなるという発想は幼稚に過ぎませんか。漫画染みていませんか。

だからといって、そんな愚か者ばかりが揃っていたというわけではありません。なかには敗戦の運命にはっきりと気づいていた軍人もいることはいました。戦争前にアメリカに留学経験のある山本五十六や栗林忠道などといった人たちは、太刀打ちできる相手ではないことを肌で感じていましたし、だから、短期決戦を目指す以外に勝ち目がないこともよくよくわかっていました。そしてかれらは上層部に対して忠告をし、警告も発していました。

それにもかかわらず、聞き入れてもらえなかったのです。根性さえあれば勝てるなどという、非合理的な思考に振り回され、日本には神が味方に付いていてくれるなどという話にもならない価値観にとらわれながら、ほかのどんなことよりも厳しい現実そのものである戦争行為へと突入して行ったのです。

何と言う暴挙でしょう。

何と言う無謀さでしょう。

何という愚行でしょう。

そこには知性や理性のかけらも見当たりません。

当然の結果としての無条件降伏が国民にもたらした絶望感と挫折感の深さは計り知れませんでした。優秀な人材を大勢死なせてしまい、国土を荒廃させ、劣等な国へと追いやられ、それより何より、辛うじて生き残った人々に対して心身ともに深手を負わせてしまったのです。

そして、その責任をいったい誰がどう取ったというのでしょうか。

大口をたたいて開戦に持ちこんだ関係者たちは、武士道に則った潔い身の処し方をしたのでしょうか。

戦後、大半の連中は掌を返すようにして今度はアメリカに色目を使い、おめおめと生き延びる道を探ることに躍起になったのです。浅ましい限りです。どこに男の美学があるんでしょうか。言語道断以外のなにものでもありません。

そもそも日本という国は、資源に恵まれていないことで大国になれる条件が初めから欠如しています。だからこそ、他国の領土にちょっかいを出すしかなかったのでしょうが、もはやその時点では植民地主義の時代は終わりを告げており、そうした国策は国際的に非難されるべき野蛮な行為ということになりつつあったのです。

現に、世界中から袋叩きにされ、あげくに原子爆弾を二発も投下され、とても似合いそうにない平和憲法と民主主義を無理やり押しつけられ、生きた神様だったはずの天皇が人間宣言を強いられて国民の象徴にされました。

そこまではよかったんですが、そのあとが苦労の連続ということになってしまい、戦前よりもひどい食糧難と混乱の時代へ突入して行ったのです。

それでも生き残った人々はがむしゃらに頑張りました。そうするしかないところまで追いこまれたとはいえ、ありったけの底力をふり絞ったんです。まったく大したもんです。おそらくほかの国ではこうまで鮮やかな復活はあり得なかったでしょうね。まさに奇跡の復興ということになるでしょう。

異常なまでの勤勉さと、国家に過剰に従うという、蟻や蜂を引き合いに出してもいいかもしれないほど世界的にも珍しい国民性をフルに発揮して、どうにか飯が食えるところまで立ち直りました。そしてさらには先進国とやらの仲間入りを果たすまでに至ったのです。どうです、この発展ぶりは。見せ掛けだけの繁栄ではありますがね。

でも、ここでひとつ強調しておきたいことは、国家の指導者たちの活躍によってこうなったわけではないという厳然たる事実です。

わが国の支配層というのは、どうやら江戸時代のあたりからお飾り的な存在になってしまったようです。かれらはただその地位を得たことだけで満足し、そこから頑張ることをせず、何ら具体的な手を打たず、かなり重要なことまでそっくり下の者にお任せという伝統的な無責任ぶりから一歩たりとも離れず、偉そうな態度だけを身につけて大満足するような、そんな手合いばかりが重責を担う立場に居座りつづけたんです。

それでもどうにか国家としての体をなしてきたのは、国民ひとりひとりのレベルがかなり高かったからでしょう。戦後によく頑張り、奮闘したのは、先の戦争の一兵卒たちと同様、庶民だったんです。

ところが、鮮やかに過ぎるその復活は、またしても過剰な自信を招くことになりました。資源などなくたって、不屈の精神と、手先の器用さと、服従の心と、団結力さえ持ち合せていれば、経済戦争には勝てると思いこみ、信じこんだのです。あの戦争には敗れたものの、この戦争には勝てるという錯覚を抱いたのです。

例によって国民一丸となって参戦し、無理に無理を重ね、背伸びに背伸びをくり返し、物質的な豊かさこそが勝利の証しとばかりに、鬱病になり、癌を患い、しまいには自殺に追いこまれるほどの働き虫と化して、実際には豊かさとは何の関係もない、むしろ正反対の虚しいゴールを目指してひたすら突っ走りました。

資源がなければ原子力に頼り、そのエネルギーを利用してよその国の製品よりも安くて品質のいい物を生産しつづければ、今度こそ世界の覇者になれるのではと、そんな悪夢に取りつかれたんです。その間に人間としてのもっと大切なものをたくさん失っていることにも気がつかず、ろくに休日も取らないで働きつづけ、経済大国のトップをめざして突っ走りました。

しかし、実際の経済戦争というやつは専門の学者でさえ解き明かせないほど複雑な仕組みで成り立っています。ために、ただまじめに働くだけで勝てるというわけではありません。えげつない罠があちこちに仕掛けられている、狡猾極まりない、そして泥にまみれた、あまりにも汚い戦なんです。

そんなややこしい戦争に、お人よしと言うか、世間知らずと言うか、万歳突撃のような単純な作戦しか立てられないような単細胞のこの国に最終的な勝利などもたらされるわけなどないじゃありませんか。

国際的なマネーゲームのプロ中のプロたちが次々に打ってくるえげつないやり口にじりじりと追い詰められ、好きなように弄ばれているうちに、いつまでも自分というものを持とうとしない、杓子定規にしか動けない、つまり、自立した一人前のおとなになれない、見てくれだけのおとなで構成されている日本はたちまちのうちに凋落へと傾きました。そうなると、どんなに多額の資金を注ぎこんで援助活動に精を出してみても世界からあまりちやほやされなくなり、そのうち露骨な黙殺を受けるようになり、経済関係者たちが成り行きに任せておけばいつの日かまた復活を遂げるだろうと、そんな甘い期待を抱いているあいだに、今回の大震災と、それに伴う原発事故に止めを刺されてしまったというわけです。

日本の底の浅さが、ぺらぺらの精神が、またしても露呈しました。

私の直感がしきりにそうつぶやかせることなんですが、この事態はもしかすると終わりの始まりなのかもしれません。今回の敗戦をきっかけに一気に衰退の坂道をころがり落ちてゆくような気がしてならないんですよ。つまり、日本はもはやこれまでということになってしまうように思えてなりません。

そうはいっても、がっかりはしません。

むしろ、安堵の気持ちです。ようやく身の丈に合った生き方を始められるとば口に立てたのではないかという思いでいっぱいです。経済大国なんて馬鹿げた目標はほかの国に任せておけばいいんですよ。その道はいばらの道で、また、亡国に直結する道でもあるんですからね。

身の程知らずとは、あまり適切なたとえとは言えませんが、要するに、田舎者だってことです。田舎者は視野が狭いせいで現実の世間をほんの一部しか把握していません。それにもかかわらず、全体に影響を与えるような、屋台骨を揺るがせてしまうような、大胆で無謀な決断を下し、実行に移してしまいます。

その気になれば現実を直視することは簡単です。

雑作もないことです。目を見開いて事実を冷静に直視すればいいだけのことですからね。たったそれだけのことができない、あるいはやらないということは、一体何を意味しているのでしょう。本当は現実を見たくないのではないのでしょうか。現実から目を背けつづけていたいだけなのではないでしょうか。

もしそうだとすれば、そんな勇気さえも持ち合わせていない小心者ぞろいの国民ということになります。臆病者の集まりということになってしまいます。

別な面から眺めれば、日本人はたぐい稀なる情緒と感性の持ち主ということになるのかもしれません。これは、そのことのみを評価すれば大した長所です。素晴らしい国民性ということで讃美に値します。

ところが、その精神はどうなんでしょうか。

精神と情緒を混同して考えるのは要注意です。両者はあくまで切り離して考えなければなりません。精神とは、どこまでも知性や理性の働きに沿った意志のあらわれなのです。そして常に理念に彩られていなければなりません。

そうした観点から日本人の精神を考察してみますと、残念ながら、お寒い限りのひと言しか出てこないのです。

貧しさの極みにある精神ということになるんでしょうか。

自分の頭で考え、自分で判断し、自分の力で実行するという、自由であるべき人間としては当たり前のことがやってのけられないなんて、いつもいつも周囲の顔色をうかがい、お上からの命令を待ち、自分を押し殺すことにひたすら専念するなんて、人間らしい人間をめざさなくてはならない人間と言えるのでしょうか。

これでは、本当は人間以外の生き物になりたがっているのではないかと、そう疑われても致し方ないでしょう。

日本人に最も顕著に欠落しているのは、自立の精神です。

生まれてから死ぬまでのあいだずっと自立から身を離して生きようとするのが日本人なんです。

とりわけ男がそうです。男社会に甘んじ、空威張りしながら、そのくせ実際にはいつまでも子どものままなんです。不気味なおとなというわけです。

そんな連中が集まってどんな結果が出せると言うのでしょうか。いかなる失敗も、いかなる挫折も、当然の帰結ということになりはしないでしょうか。

自立の精神を持とうとしない限り、いくら情緒や感性に磨きをかけたところで、優しくて親切な人間になったところで、一人前とはとても言えません。人間を生きたことにもならないでしょう。

この国がほとんど定期的にこんな憂き目にあってしまう本当の原因は、自立の精神の欠如です。

それが核心中の核心なんです。追従的であり過ぎるのです。自分がなさ過ぎるのです。

この点を本気でどうにかしないことには、この国に真の未来はありません。

そして、どうにかするきっかけとしては、今回の敗戦は申し分ないことになるでしょう。精神を見直し、改革しなければ、いずれまたさまざまな意味における無条件降伏という形の敗戦を差し招くことになります。

でも、果たして我々日本人にそんなことができるのでしょうか。生まれ変わることなどできるのでしょうか。

自立の精神の欠如に起因する、ほとんど人為的とも言える悲劇に見舞われるたびに、情緒の前でぴたりと止まってしまう反省をいくらくり返したところで、そこから真っ当な解決策は生まれてきません。絶対にです。

あまり悲観的なことは言いたくありませんが、しかし、結局は元の木阿弥ということに落ち着いてしまうのではないでしょうか。

そんな気がしてなりません。

要するに、それが日本人であるという結論に永遠に固定化されてしまうのです。そして、このせっかくの衝撃も涙の海に呑みこまれ、怒りの矛先はどこへも向けられず、時の流れに運ばれて消滅してしまうのだとしたら、とても残念なことです。

それにしても、これほどまでに国土の狭い、これほどまでに人口の多い、これほどまでに地震が多発する日本に、どうしてこれほどまでの数の原子力発電所が必要なのでしょうか。

原発を決定する前に、どうしてそのリスクのあまりの高さに考えが及ばなかったのでしょうか。

なぜそんなに大切なことを無視して推進することができたのでしょうか。

こうなることの予想が専門家たちにもつけられなかったと言うのでしょうか。

安全には充分に気を配ってきたとか、万全を期してきたとか、そんなことを堂々と胸を張って言えるのでしょうか。

ならば、あのうろたえぶりはどういうことでしょう。

適切な手を打てないまま最悪の状況へと引きずり込まれてゆくのはなぜでしょう。

それより何より、これほどまでに原発に頼る理由はいったいどこにあるのでしょう。

単にエネルギーの問題だけのことなのでしょうか。

もしも、いつかまた始める本物の戦争に備えて原子爆弾の材料を確保しておきたいという、それこそ身の程知らずな下心のせいだとしたら、これはもう言語道断と言うだけでは済まされません。

中国に追いぬかれてしまうまでの日本は、世界第二位の経済大国ということになっていました。

しかし、その豊かさの実感は本当にあったのでしょうか。

交通事故による死者は二〇一〇年で四八六三人、また、自殺者の数は三一六九〇人です。今回の大災害の犠牲者をはるかに上回る数字が毎年のように記録されているというこの現実をどう受けとめたらいいのでしょうか。

これががむしゃらになって築き上げてきた繁栄の見返りと言えるのでしょうか。

幸福を実感していますか。

一生懸命に生きてきたことで、未来に希望が持てるまでになっているという確信が実際に得られましたか。

朝、目を覚ましたときに、この国に生まれてよかったという思いを心の底のどこかでしっかりと感じたことがありますか。

それを感じている人間は、たしかにいるでしょう。

しかし、我々庶民ではありません。

この国を私物化したり、半私物化したりしている大企業、たとえば東京電力のような組織の頂点に君臨するひと握りの連中だけが、経済大国とやらの恩恵に与り、それを存分に堪能できているのです。

しつこく言いますが、豊かさを存分に味わえているのは、絶対に我々ではないということです。我々はかれらを喜ばせるために酷使されてきただけのことで、それ以上ではありません。

それが民主主義の体裁をとった国家であろうと、それが共産主義の国家であろうと、どの国家も、結局は不特定多数の国民のものではないのです。

つまり、国家はどれも特定少数の所有物なのです。

そして、我々はかれらに搾取され、その上に税金を絞り取られるだけの奴隷にほかなりません。

我々は生まれたときから死ぬまでとことんコケにされつづける、憐れで惨めな運命を辿らなければならないのです。

それを感じさせないでおくための手練手管の切り札となるのが、民主主義と自由競争のふたつというわけです。このふたつの目くらましの価値観に騙されつづけ、幻想を与えられつづけて、あげくに、これが間違いなく自分の国だと思いこんでしまっているだけなのです。

愚かしくも悲しい錯覚です。

日本人は悲しむことは知っていますが、しかし、どういうわけか、怒ることを知りません。怒りのないところには改革も進歩もないのです。


「天皇は生きた神様であるからにして、そう思え」

「はい、わかりました」

「国家のために戦死することは最高の名誉だから、そう思え」

「はい、わかりました」

「旗色がわるくなってきたから、爆弾を積んだ戦闘機に乗りこんで敵艦に体当たりせよ」

「はい、わかりました」

「戦争に負けたから、もう抵抗するな。これからはアメリカが味方だ。マッカーサーが一番偉いから、彼に従え」

「はい、わかりました」

「帝国主義は大きな誤りであり、悪であった。いけないのは軍部であって、天皇に責任はない。民主的な自由国家こそが真の国家だから、そう思え」

「はい、わかりました」

「経済戦争に勝利するために死に身になって働け」

「はい、わかりました」

「愛社精神に燃えろ。サービス残業に精を出せ。景気が悪化してきたから辞めてくれ」

「はい、わかりました」

「原発を誘致するぞ。安全だから心配するな。おまけに労せずして地元に大金がころがりこんでくるから歓迎しろ」

「はい、わかりました」

「想定外の大津波に原発がやられたが、何ら問題はないからな」

「はい、わかりました」

「放射性物質が少しばかり漏れだしているようだが、健康に影響はないから大丈夫だ」

「はい、わかりました」

「念のためによその土地へ避難しろ」

「はい、わかりました」

この国の人々はいったいいつまで「はい、はい」と言っていれば気が済むんでしょうか。怒りという感情をもちあわせていないんでしょうか。自分というものを持っていないんでしょうか。

そうやって、いかなる深刻な事態に陥っても羊のごとくおとなしくしている日本人を、外国のメディアは驚きをもって高く評価しているようですが、果たしてそれを額面通りに受け取っていいものなのでしょうか。

温厚で、素直で、紳士的で、暴動の気配も見せない立派な国民と言われて本当に喜んでいいのでしょうか。

これは所詮、外国の為政者たち、つまり、権力者側の羨望と、最終的には反逆に転じる気概を持っている外国の庶民の皮肉を込めたお世辞にすぎません。

そうは思いませんか。

異常なまでに御し易い、稀有な国民を目の当たりにした外国の人々の本音は別にあるのかもしれないんですよ。腹のなかでは、「こうまで徹底的に従ってしまうこいつらはどうかしてんじゃねえの。まともな神経とは思えねえぞ」などとさかんにつぶやいているのかもしれません。

そうは思いませんか。

日本のマスコミだって信用はできません。

お上からの情報を疑いもしないで垂れ流しにしているようでは話になりません。これではマスコミの体をなしていないでしょう。

とりわけテレビがひどいですね。最悪です。完全に国民の敵に回っています。東電や政府の息のかかった、紐付きの、真理を追い求める魂を売り飛ばしてしまった御用学者、腐れ学者のオンパレードです。

かれらは研究費と称する莫大な金を受け取りながら、研究らしい研究もせず、せいぜいその金を出してくれた連中にとって都合のいい答えを出すためのデータの改ざんくらいしかせず、いざ、こういう非常事態に見舞われたさいには、これまで世話になった見返りとして、権威としての立場を背景にして嘘八百を並べてみせ、厚顔にも火消し役を演じるのです。

こんなゴミ屑みたいな連中がほんとに日本を代表する学者だとすれば、世も末ということになりますよ。

ある意味、体制に迎合し、権力の側に身を置くことでけちな飴をしゃぶってきた連中の醜さがこれほどまでに露骨に浮き彫りにされたことは、国民が目を覚ますためには絶好の機会と言えるでしょうね。

早い話が、ここまでコケにされたら、いくらなんでもそういつまでもおとなし過ぎる羊をやっているわけにはゆかないでしょうよ。

こうなったからには、おのれの力に頼り、おのれを信じ、おのれで生き伸びる道を模索しなければなりません。

おのれを鍛え上げて自立の精神を育てあげるしかほかに救われる方法はないということです。

果たしてそんなことができるかどうかを問題にする前に、そうしなければ奴隷のまま見殺しにされるという自覚をしっかりと持つべきなのです。この怒りをきっかけにして自立の精神をしっかりと身につけるのです。

自由であるべき人間としての立場や尊厳を守ろうと本気で考えるなら、これ以外の道はありません。

私は何もあなた方に説教をしているわけではありません。自明の理であることをそのままストレートに喋っているだけなんです。

そうしなくて困るのは、私ではなくてあなた方なんです。いつまでも現状に従う悪癖を改めないで、怒りや悲しみを時の流れの任せきりにしたんでは、一個の独立した人間としての生涯を送ることなど夢のまた夢になってしまいますよ。

それでもいいんですか。

本当にかまわないんですか。

ちなみに、本来在るべき姿としての自分に立ち返ろうとしたとき、最も頼りになり、また、頼りにすべきは、言葉です。

精神という言い方はいかにも抽象的ですが、しかし、精神を構成しているのは実は言葉なんです。精神のすべてが、結局は言葉によって成り立っていると言ってもいいでしょうね。

人間にとっては何物にも代えがたい宝物である言葉をですね、情緒のみで覆い尽くしてしまうというのはあまりにも軽薄で、あまりにも危険なことなんです。

文学の大半がその轍を踏んできたわけですが、しかし、「生まれてきてごめんね」式の、おのれの人間としての駄目さ加減をアピールするばかりの、うわついた、幼稚な言葉の羅列のみでは、精神を構成するどころか、精神を崩壊させるばかりです。耳に響きのいい、あまりにも安易な癒しの言葉のみにすがっていたんでは、悪辣な国家や企業を相手に闘いを挑むことなど絶対に不可能でしょう。

ここはひとつ、否応なしに、どんな無理をしてでも、自分を強い方向へ持ってゆかなければなりません。

人間は所詮弱い動物なんだからとか、等身大の生き方を崩したくないとか、これが運命なんだからとか、そんな甘えた逃げの答えにしがみついていたのでは、あなたが送った人生はなかったも同然であるばかりか、生ける死者としての生涯だったことになってしまいますよ。

それでもいいんですか。

丸山の言葉は、重くて、暗い（笑）。

でも、暗くて、重いという、たった二言で片づけられ、敬遠されるのは甚だ心外です。それでも私はいっこうにかまいませんが、けれども最終的に困るのは聞く耳を持たない人たちなんですよ。

私の言葉から逃げることは簡単です。

でも、あなた自身から逃げることは無理ですよ。自分自身からも逃避しようとしても、これまでの逃げ場に事欠かなかった時代においてはともかく、大震災後に控えているこれからの厳しい時代を果たして逃げ切れるでしょうか。

まず無理でしょうね。

とりあえずは現実の直視といったところから始めなければなりませんが、どうも日本人という人種はこれが大の苦手というか、生理的に受けつけないというか、小心者に過ぎるというか、対峙しなくてはならない現実に迫られた場合でも、そんなことはできっこないとわかっていながら、なぜか目を逸らしつづけてしまうんですよ。

これはどうしてなんでしょう。

尻に火がついているにもかかわらず、それでもまだ「どんなときでも笑っていれば幸せになれますよ」などというふざけた言葉のほうにあっさり飛びついてしまうのは、いったいなぜでしょう。

この世をどう認識して毎日を送っているのでしょうか。

もしかすると、不変にして安全なる世界に身を置いているという、とんでもない錯覚にとらわれて生きているのではないでしょうか。

我々が依存し、命を預けているこの世界は、残酷に過ぎるほど過酷な環境に在ると言ってもまだ言い足りないほどのさまざまな危険に満ち満ちています。

この地球をリンゴにたとえれば、皮の部分のみが硬い岩盤であって、その真下はマグマが対流をくり返す灼熱地獄です。そして地上の生き物が頼りにしている地殻にしても絶え間なく移動し、揺れ、ひび割れ、大小の危うい変動にさらされているのです。大地震や、それに伴う大津波だけではなく、火山の大噴火、巨大隕石の落下、超新星の爆発がもたらすガンマ線バースト、極端な温暖化、太陽からの放射線を防いでくれている磁界の崩壊、突如として発生し、蔓延して人類を危機に陥れる凶悪なウイルス、そこへもってきて、戦争、犯罪、飢餓、経済的な格差、そしてひとたび暴れ始めたら手に負えない原子力発電所と、危険極まりない要因があり余るほど用意されているのです。

地獄とは、本当はこの世界を指して言うのではないかと本気で疑いたくなるほどです。そんな世界によくもまあのほほんと生きていられるものですよね。人類が生存していること自体が奇跡としか言えないでしょう。

それにしても、破壊と絶滅の狭間を縫って存在する命の何と素晴らしく、何と憐れなことでしょうか。

そうはいっても、ひとたびこの理不尽な世界に生まれてきたからには、どうにか頑張って生き抜こう、いや、生き抜いてみせるといった確固とした覚悟を固めなければなりません。そのための糧となりそうな言葉を好きも嫌いもなく摂取して、ありとあらゆる危険を回避するだけの気力と体力を養ってゆかなければならないのです。それが生きるということなのです。

とはいえ、この世が果たして生きるに値するかどうかについては何とも言えません。この哲学上の大きな課題は、残念ながら未だにすっきりとした答えを出すには至っていないのです。この大問題について私個人としてはかなり懐疑的な立場ではあるのですが、けれども自殺を企てるほどの愚者でも賢者でもない私としては迷うことなく生き延びる道を選びます。


さて、そろそろこのトークショウの本題に入ることにしましょうか。

何としてもこの世を生き延びようと腹をくくっている私が、今回相ついで出版したこの三冊の本、わが庭を軸にしたエッセー集の『さもなければ夕焼けがこんなに美しいはずはない」と、やはりわが庭の花々にスポットを当てた写文集の『草情花伝』と、人の悪と罪をテーマに据えた長編小説の『眠れ、悪しき子よ』を改めてここで紹介させていただきます。

偶然と言いましょうか、当たり前と言いましょうか、この三冊には大震災によってもたらされた危機的な時代にぴたりと当てはまる言葉の数々がちりばめられています。担当の編集者や読者から指摘されたことなんですが、言われてみるとたしかに恐ろしいくらいぴたりとくる個所がいくつもありました。

人が生きてゆく上で一番大切な言葉のみを発しつづけてきた書き手としては喜ばしいかぎりです。

まずは、求龍堂から出した『さもなければ夕焼けがこんなに美しいはずはない』ですが、このタイトルは十八世紀のドイツの詩人がものした詩の一節の引用です。

そしてこの一節の前には、こんな一節が書かれています。

「われわれにとって何かもっとよい未来があるにちがいない」というのがそれです。

つまり、「われわれにとって何かもっとよい未来があるにちがいない。さもなければ夕焼けがこんなに美しいはずはない」ということになります。

どうでしょうか、まさにこの時代には打ってつけの、どんぴしゃりの言葉だとは思いませんか。

もちろん、このタイトルのせいとばかりは言えないのでしょうが、読者からの手紙の数がいつもの数倍、いえ、十数倍もありました。そしてそのなかには、タイトルに惹かれて思わず買ってしまいましたと、そうはっきり書かれている手紙もあったのです。また、庭造りがこれほど奥深くて、これほど人生に直結している趣味だとは思いも寄らなかったという手紙もいただきました。

仕事であれ、趣味であれ、どんなことであっても全力投球すれば、そこからおのずと哲学や真理といったものが派生してくるものです。

そしてまた、肉体を通し、汗と疲労でもって濾過させて得た言葉というものはけっして揺るぎません。ですから、小説家はむろんのこと、詩人や哲学者にしても、本当は精神を使った分だけ肉体も使うべきでしょう。

命を保ってゆく上で、最も大切なことは心身のバランスです。心と体をまんべんなく使わなくてはなりません。なにしろ動物と言うくらいですから、動かなければきわめて不自然な、偏った存在ということになってしまいます。

つまり、書斎に閉じこもったきり、数万冊の本を読破したところで、実体のない言葉と格闘しながら昼夜にわたって執筆に没頭したところで、過酷な現実のひと吹きであっさり飛ばされてしまうということです。

「われわれにとって何かもっとよい未来があるにちがいない」というこの楽観的で力強い言葉ですが、だからといって、これが万人向きの言葉かというと、残念ながらそうではなさそうです。そうした甘い解釈は禁物かもしれません。

これはあくまで日々額に汗して奮闘している前向きな者に当てはまる言葉であって、無為のうちに毎日を過ごし、ろくすっぽ働きもしないで一日をやり過ごし、享受という楽園にどっぷりと浸かったままだらだらと日没を迎えてしまい、そして美しい夕焼けに漠然と見とれるような、そんな怠け者には当てはまらない言葉であり、まことにふさわしくない言葉なのです。

どうにかしてこの残酷な世を生き抜こうと悪戦苦闘している者が愛でるための美しい夕焼けであり、未来への希望に満ちた思いであるのです。

闘わない者に良い未来などありません。闘う意志を失わない者は、よしんば世界に単独で存在していたとしても、けっして独りぽっちということではないのです。

そして私には、生き抜くための悪戦苦闘自体に人間らしい人間として生きる意味や意義が隠されているように思えてならないのです。きっとそんな確信が言葉のほとばしりとなってこのエッセー集を紡いだのでしょう。

言うまでもないことですが、庭は生き物です。ために、草木の命はどれも私の命の在り方を、つまり生き方そのものを厳しく問うてきます。真剣に挑まなければ、少しでも怠けたりすれば、堕落したその根性を庭はそっくり反映し、たちまちのうちに単なる荒れ地と化してしまいます。庭は鏡よりも忠実に作庭者の醜い部分を鮮明に映し出します。その意味において作庭は小説を書くことよりもはるかに恐ろしい行為であるのかもしれません。

要するに私は、自分で作る庭を通して私自身を観察し、そして監視しているのです。また、庭を通して他者を見つめ、庭の外の世界を凝視します。

要するに私という人間は、私と私の庭だけを相手にしているということではないのです。私の心は常に開かれています。全開と言ってもいいでしょう。心を閉ざしたまま、自分にとって都合のいい世界のみに目を向けているような、そんなたぐいの消極的な屈折ではありません。

　だからこそ、ナルシシズムやマゾヒズム一辺倒の小説とは厳しく一線を画した、この世の全体と、この世に生きなくてはならない人類の全体をテーマにして小説を書きつづけることができるのだと自負しています。

　くり返して言いますが、精神を重視するのと同じくらいに肉体も重視しなければなりません。

　なぜなら、精神は所詮、肉体の一部にすぎないからです。肉体あっての精神ということです。

　庭は私の肉体を鍛え、同時に精神をも鍛えてくれます。つまり、庭は私自身でもあるのです。ということは、私が発する言葉は、実は庭が発した言葉ということになるのかもしれません。

『さもなければ夕焼けがこんなに美しいはずはない』は、しるべなき未来へ果敢に向かって突き進んで行くための言葉によって構成されています。ですから、その気になってじっくりと読みこめば、この三月十一日をもってがらりと暗転した時代を照らす光の言葉をそこに見いだすことができるはずです。

つづいて、駿河台出版社から出しました、写文集の『草情花伝』について触れましょう。

この本に使用されている写真ですが、これはすべて私が自分で撮ったものです。プロの写真家に頼んだのではないかと疑われたこともありますが、そうした疑惑は私にとってこの上ない賛辞以外の何ものでもありません。もしも写真家に頼んだとすれば、この本にこの定価は付けられなかったことでしょう。もっともっと値の張る本になってしまい、出版に漕ぎ着けなかったと思います。

それにだいいち、いかに有能な写真家であっても、この写真に優る写真を撮ることはまず不可能でしょう。高い技量と、高性能なカメラをもってしても、絶対に無理です。そしてその理由は簡単です。常時、現場に身を置いていないかれらには、花々の最高の美の瞬間に立ち会うことができないからです。

それくらい花々の至高の美を捉えることは難しくて、庭にのべつ幕なし張り付いている私であってもたびたび絶好のシャッターチャンスを逃してしまうほどなんです。ですから、一カ月に一度や二度くらい東京から通うくらいではどうにもなりません。

また、その花を自分の手で育てている当事者でなければ、美の頂点を見きわめることができないのです。

植物にあまり関心がない一般の人たちは、花がただ咲いているだけで満足してしまうのでしょうが、しかし、私に言わせてもらえば、花はただ咲いているだけでは充分ではないのです。どの花にも美の絶頂期というものがあって、その期間はあまりにも短く、うかうかしているとあっと言う間に去ってしまいます。

それでもどうにかそのチャンスの大半を押さえることができました。辛抱強く待ちつづけ、狙いに狙って撮影に成功した写真のみが『草情花伝』を飾っています。

およそ二年ほど費やして撮り溜めたこれらの写真を見る方は、おそらく花の一般的なイメージを超越した印象を持ってくれることでしょう。造形的な美しさだけではなく、独立した生命体としての生々しさを感じるでしょう。あるいは、どこか遠い彼方に浮かぶ別の惑星の植物といった捉え方をするかもしれません。

そして、たかが花なのに、不気味に思えてしまうほどのこうした存在感はいったいどこからあふれてくるのかと訝しく思うことでしょう。

しかし、コンピューターでいじくったからではありません。これらの写真はどれも花々の真の姿そのままなんです。これこそが花の持つ本当の美というわけです。

動物たちと同様、植物たちもまた頑張って生きています。

ときには動物よりもしぶとく、逞しく生きようとします。ありとあらゆる困難を乗り越えて、アブラムシやらカミキリムシやらハダニやらうどんこ病やら黒班病やらに襲われ、なぎ倒されてしまうほどの強風やら、凍死してしまうほどの寒気やら、葉枯れを余儀なくされる日照りやらに痛めつけられながら、それでも何とか生き抜こうとしているけなげな姿は、もしかすると人間の手本であるのかもしれません。いえ、きっとそうに違いないのです。

人間は甘えた存在です。

家族に甘え、社会に甘え、職場に甘え、国家に甘え、そして人生そのものに甘えています。甘え過ぎているせいで、闘いを最初から放棄しているせいで、花のように至高の美の一瞬を迎えることができないのです。だらだら咲いて、だらだら散ってゆくのが、一般的な人生の在り方で、また、つぼみのまま腐ってしまう者もけっして少なくありません。

花を育てた者は、花に育てられるのです。

私のほうから語りかけたりしなくても、黙ってその前に佇むだけで、花のほうから言葉を投げかけてきます。

ここで、『草情花伝』にしたためた花からの言葉をひとつ紹介しておきましょう。一〇四ページに載っています。

「精神の働きを乱してしまうほどの忌まわしい人生と遭遇した際、そして地球存亡のときを迎えてしまった折り、しかもその難所を切り抜ける妙案がまったく思い浮かばない場合は、じたばたすることをやめ、早々と居直ってしまうのが一番だ。元の状態に戻したいと強く願い、必死に足掻くという感情をきれいに捨て去り、間違ってもその原因を作った自分を責めたりせず、人生をただ一度のものと大げさに解釈することをやめ、敢えて腑抜けのごとく呆然としているうちに、その最大の難関はいつしか遠のき、さもなければ取るに足りないことに変わっている。花々はそうしている」

この言葉は、大震災や大津波に遭われた人たちに限らず、運よく被災者の側に身を置かずに済んだ人々にとっても充分に対応し、通用することでしょう。

ちなみに、ここに書かれたテキストの言葉の文字数はかっきり二五〇字です。これは般若心経と同じはずです。だからといって、宗教的な、形而上学的なものへの憧れから、そうしたわけではありません。私は般若心経を、宇宙理論の一環として受けとめているだけです。般若心経には量子力学に共通するものを強く覚えてならないのです。

近頃しきりに思うことなのですが、ひょっとすると私は、『神抜きの聖書』をめざして書きつづけているのかもしれません。恐れ多くも『聖書』と言うからには、膨大な量の言葉を紡がねばなりません。そして、もちろん、魂のありったけを真正面からぶつけないことには、その実現はまず不可能でしょう。

私の寿命があとどれくらい残されているかは知る由もありませんが、しかし、挑んでみる価値は充分過ぎるほどあるはずです。あと三十年くらい生きられて、強い心組みのまま執筆をつづけることができれば、ひょっとすると何とかなるかもしれません。

もうひとつ、重要な条件があります。それは、私と自然との関係が良好であるかどうかという点です。

私の言葉は、自然と密接な関係があるです。

ヨーロッパの人たちの自然観というのは、主に自然と人間とが対立するという構造で成り立っているようですが、日本人のそれは人間自体も自然の一部であるというものです。前者は合理主義の上に組み立てられた自然観であり、それが徹底しているために、哲学にしても思想にしても、辻褄の合わないことはことごとく排除します。いいかわるいかはまた別です。

それにひきかえ、日本人は辻褄が合おうが合うまいが、ともかくすべてをすんなりと受け容れる。西洋音階の隙間に無限に存在する音を全部使って音楽を創り出すことにたとえられるかもしれません。情緒を優先する創作ということになるでしょうか。これにもまた一長一短があります。

そしてこの私はというと、どうやら小説にしても庭にしてもヨーロッパ人と日本人のちょうど中間に目標を定めているようなのです。

それも意図的ではなく、気がついたらその方向で創作していたんです。だからといって、私は混血ではありません。見た通りハーフの容貌にはほど遠く、正真正銘の日本人なんですが、生来、その精神には合理的なものと非合理的なものが同居していて、そのことによってあの小説が生まれ、この庭が生まれているのかもしれません。

そんな私の目から見て、日本人の自然への接し方が本当に愛してやまないといったものなのかどうか、疑問に思えてならないのです。

たとえば、日本人の自然観を象徴してやまない、あのお花見のことをちょっと思い浮べてみてください。お花見という名のあの宴会には凄まじいものがあるでしょう。飲めや歌えのどんちゃん騒ぎ。素っ裸になって踊る者はいるし、殴り合いの喧嘩はするし、桜の根元にアルコールをぶちまけるし、小便は浴びせるしで、これが外国なら逮捕間違いなしの犯罪行為ですよ。そんなことが大目に見られるこの国は、本当に自然を愛する、優しい人々で成り立っているのでしょうか。

それにだいいち、心底から自然を愛してやまない国民ならば、あんな原発などという自然に最も反する危険なものをごっそり造るはずがないではありませんか。

そうは思いませんか。

列島改造などという扇動の言葉にいちいち乗せられ、ありとあらゆる公害をまき散らしたあげくに、今度は放射性物質の嵐ですよ。この言語道断な現実をどう受けとめたらいいのでしょうか。

実際には、美とは正反対に位置する、非常に醜い心を持っているのが日本人なのではないでしょうか。

そのことを誤魔化すための方便として、綺麗ごとの日本人観をでっちあげてきたのではないのでしょうか。

そうは思いませんか。

最後に、文藝春秋社から上下の二巻で出しました、長編書き下ろし小説の『眠れ、悪しき子よ』について語りましょう。

この物語は、早期退社した主人公が蒐集した哲学書を抱えて郷里の田舎にこもり、のんびりとした人間らしい第二の人生を始めようとするところから始まって、一人称で語られてゆきます。

そして、主人公の意に反して、暴力的に、静かに狂ってゆくという内容です。

最近の私の小説は全部そうですが、この作品もまた会話らしい会話はなく、全編にわたって地の文のみで構成されています。

なぜ会話を避けるようになったかと言いますと、ひと言で片づければ、嘘臭くなるからです。

会話ほど信用できない表現方法はありません。

どう巧くやってみたところで、会話のところへ差し掛かった途端に浮いてしまい、流れてしまい、滑ってしまうのです。

ところが、ほかの小説家たちはそんな致命的な欠点のことなどまったく意に介していないかのように、平然と、堂々と、あまりに説明的な会話のやり取りに頼って、心理描写や筋運びをそっくり会話に預けてしまって、そこから生まれてくる不自然さなど無視して、いや、実際には気づいていないのでしょう、ともかく強引に最後まで書いてしまい、それをよしとするのです。

そうすることによってリアリティが根こそぎさらわれてしまうことなど何とも思わず、むしろ、これが小説の伝統なのだと言わんばかりに、易きに流れた会話を延々と連ねてゆくのです。

文学関係者たちは本当にそれでいいと思っているのでしょうか。

書き手や読み手がそれを求めてやまないと承知していても、私はもううんざりなんです。それどころか、会話の多用こそが文学を衰退せしめた最大の原因ではないかとさえ疑っているほどなのです。

現実の会話というのは、けっして小説のなかに登場するような会話ではありません。第三者の立場に立って立ち聞きすればすぐにわかることです。だから、どうしても会話を挿入しなければならない場合は、現実における生の会話を参考にすべきでしょう。

それはさておき、今回のこの小説ですが、私の作品には珍しく、一部ではありますが、私小説的な要素が入っています。

いわゆる家庭の事情というやつがあちこちにちりばめられていて、主人公の父親と母親、それに兄夫婦も実物と大差ありません。そうはいっても、キャラクターのみの使用であって、物語の展開は、真の小説家ならば当然のごとく発揮しなければならない、想像と創造の力のなせる業によって流れてゆきます。

ちなみに、私小説がどうしても好きなれません。もっとはっきり言わせてもらえば、どうでもいいような体験をそのまま書くだけの、想像とも創造とも無縁なちまちました代物を小説のジャンルとしてさえ認めたくないのです。こんなのはせいぜい日記のたぐいでしょう。

また、内容にしてもあまりにお粗末だと思います。

人間としての駄目さ加減を競い合うような、ただそれだけの異様な作品がどうして文学になり得るのでしょうか。

まったく解せません。

そんなものを喜んで読む者の神経もわかりません。いや、わかり過ぎるくらいわかるから軽蔑するんでしょうね。

私小説愛好家たちは、そうしたたぐいの作品のなかに駄目な自分よりはるかに駄目な人間を見いだし、後ろ向きの共感を覚え、安堵のため息を漏らしたいのでしょう。それがかれらの最大の狙いなんでしょう。そうすることによってあまりにも不甲斐ないおのれを許し、頑張らなくてもいい理由を発見し、それどころか、だらしないことこそが人間らしさにほかならないというもっともらしい答えにしがみついていたいのでしょう。

そして、いつしか日本文学の世界はそんな異様な人たちの溜まり場になってしまい、それ以外の人間が入って行けない異常な雰囲気が固定化し、ついには動かしがたい伝統ということになってしまったのです。

でも、それで本当にいいのでしょうか。

そんな世界から魂をゆさぶる作品が生まれたと言えるのでしょうか。

外国の名作に匹敵するような作品をひとつでも生み出せたのでしょうか。

もしもそれが文学の主流だとしたら、どうしてここまで文学離れを来してしまったのでしょうか。

果たして活字離れの時代というひと言で片づけられる問題なのでしょうか。

だらしなさを競い合うような、重い病にやられている入院患者ほどでかい顔をしている病院のような、そんな歪んだ世界が、文学の本質なんかであるわけがありません。その程度の代物が文学として通用し、持て囃されるのは、腐敗と紙一重なくらい安定した時代だけに限られたことです。

もしくは、性根を入れて生きなくても食べてゆかれ、甘やかされた環境に身を置いていられる、怠け者のお坊ちゃんの数が多い、いびつな社会に限られています。

たしかに、ちょっと前にそうした時代がありました。

逃げられるだけ逃げられる社会がひとしきりつづいたことは間違いありません。

そしてその間に真っ当な人間としての魂はとことんふやけてしまい、多くの人々が救いがたい存在と化したことも事実です。

また、そんな衰退と頽廃をクールと見なす風潮が蔓延し、それこそが時代の潮流の原動力になり得るのではないかという歪みに歪んだ価値観が頭をもたげかけたところで、上辺だけの経済発展がみるみる落ちぶれてゆき、方向性を見失ってどうしていいのかわからずに右往左往しているうちに、今回の大震災と、それに伴う大津波と、自然災害からもたらされた人災に不意打ちを食らってしまい、止めを刺された形になったのです。

逃げようと思えばどうにか逃げられそうな時代は、この三月十一日をもって終わりを告げたということになります。

「生まれてきてごめんね」式の格好の付け方ではどうにもならないところへ追いこまれ、追い詰められてしまったのです。

これからは、否応なく過酷な現実との対峙を余儀なくされることでしょう。

つまり、自分自身を真剣に見つめ直し、逞しい方向で人生を変えてゆかないことには、すでに始まっている混乱と喪失の時代を生き抜くことは不可能なのです。

要するに、好きも嫌いもなく、人間の真の姿を直視せざるを得ないということです。

そしてここで言うところの人間とは、自分自身のことに、あなた方自身のことにほかなりません。

文学を逃避の道具や、隠れ蓑として利用してきた読者にとっては、また、安っぽい夢と憧れのみに期待して、醜男や醜女の書くコンプレックスまるだしの小説なんぞに酔い痴れてきた読者にとっては、もはやいかんともしがたい時代に突入してしまったというわけです。

人間という世にも珍しい生き物が、いかに不気味な存在であるかということから目を背けていたのでは、これからの文学はむろんのこと、実社会における暮らしも成り立たないのです。

表面的な美しさと優しさの真下に隠されている、人間のどろどろした本性をも直視することからやり直さなければ、本当の意味における自分を取りもどすことはできません。自分自身を把握できなければ、真の夢も、真の希望も描くことは無理です。まずはおのれを知ることからおのれを鍛え、精神を修正し、それから自立への道をまっしぐらに突き進むのです。

そうした生き方から激しく飛び散る火花を豊かな言葉で捉えることこそが、真の文学であるはずなのです。もしくは、真の人生なのです。

闇雲に自分以外の誰かを信じることは禁物です。

ほんのわずかでも他者に頼ろうという気持ちの緩みがあると、せっかく築きあげた自立の堤防もそこからひび割れが生じ、ほどなく大崩壊に見舞われてしまいます。

自分さえも信じられないのに、他人のどこを信じるつもりなのでしょうか。

自分を信じられないというそんな理由で他人をあっさり信じるのは、まさに愚の骨頂というものです。

そんなあなたを他人は利用し、悪用しようと考えます。国家然り、社会然り、企業然り、家族然り、宗教然り、そしてその他さまざまな組織もまた然りです。悪党どもに付け込まれやすい、とても危険な状態にあるということです。

自立を孤立と勘違いするようでは話になりません。

力の強い者、力がありそうに見える者に一の二もなくすがりつく生き方が集まって、独裁者を作り上げるのです。

真にヒーローと呼べるに値する人物などコミックの世界にしか存在しません。

それらしく見える者はいるかもしれませんが、それは結局のところ浮き世が生みだした幻影なのです。

他人をいたずらに軽蔑するのもなんですが、そうかといっていたずらに尊敬したり敬愛したりすることもさらに大問題です。

あなたが軽視し、あなたが侮るあなた自身は、世間の人々を象徴しています。なぜならば、この世界は、あなたと似たり寄ったりの、アンチヒーローとしての人間のみで構成されているからです。

時代の狭間から突如として登場してくるヒーローもどきの輩は、その演技力によって目くらましをしているだけのことにすぎません。

そんな奴を歓呼して迎える者が増えたときは危険です。負い目や弱さの裏返しとしての民族主義や愛国主義がまたしても台頭してくるからです。

そしてはっと気づいたときには、時代は死の羅列に終わるしかない戦争に突入しており、あなたは棄てられる肉としての兵士に仕立て上げられ、ありとあらゆる種類の人殺しの道具といっしょに戦地へ送られているのかもしれません。

人間ほど暴力的で残虐な生き物はほかにいないでしょう。

休みなくつづいてきた戦争の歴史がそのことを如実に物語っています。

そしてこの新作の長編小説のテーマは、まさにそれなんです。

悪と罪に直結する暴力が特殊な人間だけの専有物ではなく、実際にはごく普通の、つまり、あなた方のような読書を無上の喜びとするような温厚な人たちでさえも隠し持っているという事実に気づいてもらうことを眼目して書きあげました。

さいわいにして私が暴力の世界に身を沈めずに済んだのは、小説があったからです。そして、およそ信じられないほど優しい心根を持った妻がいたからです。また、庭の花々もひと役買ってくれたことは否めません。だから、小説と妻と庭によってわが荒ぶる心が抑制されつづけてきた幸運を認めないわけにはゆかないでしょう。

私のじたばたの連続であったこの六十数年間は、ひょっとすると暴力の誘惑から逃れるための人生であったのかもしれません。

そんな私が掘るべき文学の鉱脈は無限です。手つかずのままになっていると言ってもいいほどです。

文学はまだとば口についたばかりです。

それなのに早くも文学は死にかけており、今や青息吐息といった体たらくです。だからといって、かつての日本文学がそれほど立派なものだったとは思えません。

過去をふり返って、名作や傑作が目白押しといったことをさかんに言ってのける、古いタイプの文学関係者も少なくありませんが、しかし、実際には文学の揺籃期としてのレベルではまあまあかなといったところで、けっしてそれ以上のものではないのです。

文豪の名作という確固たる位置づけをされた作品であっても、私の目から見れば稚拙の域を出ていません。安っぽいナルシシズムとマゾヒズム、それに快楽主義的な道徳のかけらをふりかけた程度の代物でしかないのです。たとえば、メルビルの「白鯨」を前にしたときなどには、束にして粉砕されてしまうようなお粗末さなのです。

文学はまだまだ死んではいません。

それどころか、永遠の命をもって眼前にうねっています。

死んだのは文学関係者なのです。

高い志も持たず、くだらない小説もどきを質の低い読者を相手に大量に売りつけて高い給料を維持しようとする商売的な姿勢を優先するあまり、こうした悲惨な事態を招いたのです。

出版社としては万人のための小説を出すことも大事ですが、しかし、その一方において、成熟した読者のための小説を疎かにしたり、蔑ろにしたりするのは、自分で自分の首を絞めることになります。なぜなら、読者の目を肥えさせる機会を奪ってしまうことによって、現在の読者がそのレベルに飽きたときに読む作品がないとなると、その時点で万事休すということになるからです。

すべての芸術がそうであるように、文学もまた進化と深化をめざさなくてはなりません。にもかかわらず、最も肝心なその点を疎かにしたために、前進が止まり、後退し、高いレベルの小説との出会いを待ちつづける読者にそっぽをむかれてしまい、あげくに質の低い読者たちはもっと安易で安直な世界へと流れて行ってしまったのです。

大量生産による大量販売という姿勢は、出版社の理念から大きく外れているだけではなく、最終的にはそのことが原因で息の根を止められてしまうことになるでしょう。つまりは、出版の原点に戻ることできるかどうかに出版業界の命運がかかっているのです。

ところが、大方の出版社は依然として濡れ手で粟の異常な時代が未だに忘れられず、これまで通りの商法にこだわりつづけているのが現状です。この姿勢を改めないことには、いずれ時間の問題で悲惨な終焉を迎えることになるでしょう。

なにしろこの国は、それが何であれ、落ちるところまで落ちるまで同じことをやりつづけますからね。そして、同じ失敗を何度でもくり返すのです。

その意味では、真の発展や真の進歩とはまったく無縁な国民性と言えるのかもしれません。もしそうだとすれば、とても残念なことです。

さらに残念なことに、そろそろ時間が来てしまいました。

最後に、このたびの大震災で不幸にして亡くなられた大勢の方々のご冥福をお祈りしたいと言いたいところですが、敢えて黙禱はやめておきましょう。

黙禱の代わりとして、この『草情花伝』のなかにある言葉を捧げたいと思います。

「生在るところには必ずや死が在る。死なくして生なく、生なくして死なし。とはいえ、生への罰として死が在るわけではない」

くり返します。

「生在るところには必ずや死が在る。死なくして生なく、生なくして死なし。とはいえ、生への罰として死が在るわけではない」

そして不幸中の幸いにも命を落とさずに済んだものの、一瞬にして未来が閉ざされ、この先重くて辛い暮らしを延々と強いられる羽目に陥った被災者の方々には、エッセー集のタイトルに使わせてもらった、『さもなければ夕焼けがこんなに美しいはずはない』につづく、ヘーベルの詩の一節を捧げたいと思います。

「われわれにとって何かもっとよい未来があるにちがいない。さもなければ夕焼けがこんなに美しいはずはない」

くり返します。

「われわれにとって何かもっとよい未来があるにちがいない。さもなければ夕焼けがこんなに美しいはずはない」

そして、本日、お忙しいなかをお集りになってくださった皆さん方、今後、天災やら人災やらのさまざまな苦難をかいくぐって何とか生き抜いてゆかなければならない皆さん方に、新作の長編書き下ろし小説『眠れ、悪しき子よ』の下巻の帯の言葉をもじって、次の言葉を送りたいと思います。

「あなたはお上の言葉に従うばかりのあまりにお人好しな善人のままで死ねますか」

これもくり返します。

「あなたはお上の言葉に従うばかりのあまりにお人好しな善人のままで死ねますか」

ありがとうございました。いつの日かまた。

第2部

首輪をはずすとき

二〇一一年の六月六日、東日本大震災後、初めて被災地を訪ねようとしています。これは現地からあなたに直接発信するリアルタイムのレポートです。きょう一日、私はあなたに語りかけつづけるつもりです。

素晴らしい晴天で、気温はかなり高めで、ここ仙台市の街中に限っては震災の爪痕らしき光景はほとんど見当たりません。片づけられる瓦礫は大方かたづけられているのでしょう。

むしろ、極めてのどかな初夏の気配に覆われています。ほぼ三ヶ月前に大地震や大津波があったことなど嘘のようです。

本当にあんなことがあったのでしょうか。つまり、どこか遠い他国の出来事としか感じられません。何だか不思議な気分です。

さて、これからクルマでもって仙台市内を離れます。まる一日費やして石巻市と女川町の二ヶ所をじっくりと見て回るつもりです。そうしなければならないという義務感にも似た気持ちが私の背中を強く押しています。

それというのも、こうした深刻極まりない大災害、大事件を語るのに、テレビや新聞やラジオや雑誌というメディアから流された情報のみを頼りにして果たしていいものだろうかという素朴な疑問に責め苛まれてならないからです。現場を見てから物を言えという、もうひとりの自分の声が脳裏にがんがんと響きわたっています。

実際に足を運んでみないことには、正当な立場に立ってものが言えないのは当然でしょう。だからといって、いきなり訪れて被災された現地の人たちの気持ちを理解できるはずもありません。そんなことは不可能です。まあ、それくらい冷静な自覚は持っているつもりです。

ということは、おそらく同情の言葉や激励の言葉などひと言も出てこないということになるでしょう。また、もとより、そんなおこがましい気持ちなどさらさら持ち合わせていません。

私にできることというのは、所詮、興味本位に限りなく近い、観光客まがいの凝視にすぎないでしょう。さもなければ、事実を見つめるだけで精いっぱいといったところが落ちでしょう。

しかし、それでもなお、同じ時代を生きる一個の人間として見ておかなければならないという義務感にせっつかれています。ともあれ、五感のすべて、あるいは、第六感まで動員させて現場に立つことが何よりも重要なことでしょう。

J15
がんばろう日本！
がんばろう東北！

少なくともこうしたたぐいの悲劇を観念のうちに封じこめてしまいたくはないという気持ちはあります。

すでに初夏の雰囲気は消滅し、まるで真夏のような日差しが照りつけています。石巻市へと向かう道路は混雑しています。すれ違うクルマのなかに被災地救援のための車両が数多く見受けられるようになってきました。目的地へ近づくほどに増してきています。それでもまだ車窓からの眺めにこれといった変化は認められません。見慣れた日常の光景で占められています。どこもかしこもが太平の雰囲気に支配されているようにしか見受けられません。

いや、違います。

やはり、ここは被災地です。広大な田園地帯なのにどこにも緑が見あたりません。この季節にこの色はないと思います。津波にやられた家が見えます。あっちにもこっちにもあります。屋根がそっくりなくなっています。庭だけではなく、近くの雑木林も押し潰されています。こんなところまで津波が届いたのでしょうか。信じられません。海はまだまだ遠くです。

もはや疑問の余地はありません。間違いなくここが被災地です。何という荒らされ方でしょう。

自分の内部で生起していたいっさいのものが萎みかけています。心の秩序の失墜を差し招きそうな予感がしきりです。しかし、人間の無力をどれほど痛切に感じたとしても、最終的にはこの現実を信じるほかないでしょう。重い事実に屈しているほか為す術もありません。

いよいよ石巻市の中心部へと迫っています。大自然の猛威と、その凄まじい破壊力と、それによってもたらされたあまりの痛ましさが、本物の津波のごとき勢いでこっちへ迫ってきます。ただただ圧倒されるばかりです。物書きの端くれでありながら、言葉がまったく出ません。それが正直な印象です。過酷な現実を前にして呆然とするばかりです。それが偽らざる感想です。

覚悟していたにもかかわらず、言い知れぬ恐怖感に襲われます。実際に被災され、大混乱のなかを逃げ惑った人たちの恐怖はいかばかりだったでしょう。水の威力はどれほどだったのでしょう。想像すらつきません。

被災地の全体を見渡すために、小高い丘の頂にある見晴らしのいい公園にやってきました。

小さな神社があります。ウグイスが元気よく鳴いています。植えこまれた花が見事に咲いています。元気いっぱいの学童たちが写生をしています。かれらの声はどこまでも弾んでいます。ここを隅々まで占めているのは、ありふれているがゆえに申し分のない、まさに至上の幸福に違いありません。

でも、その朗らかさとのどかさは、この地点のみに厳しく限定されてしまっています。眼下に広がる、丘の下にくり広げられている眺望は、非日常以外の何ものでもありません。あるいは、空襲にやられた街よりもひどい惨状なのかもしれません。瓦礫の一部がすでに片づけられているとはいえ、救いがたい光景に打ちのめされずにはいられません。地球の滅亡をテーマにした映画のワンシーンでも見ているような心地です。見わたす限りの存在が毛ほども手心を加えられることなくぶちのめされてしまっています。漁業の街としてあれほど栄えた往時の威光はもはや見る影もありません。

絶望とひとつ屋根の下で暮らさなくてはならない凋落のほうがまだましというものでしょう。なぜなら、まだその家が残っているのですから。

ここには人が暮らせる家は一軒もありません。

それらしく見える建物があっても、実際に近寄ってみると、おそらく廃屋の数倍もひどいありさまになっていることでしょう。命を奪われずに済んだ住民たちの最後の牙城であるべき家がことごとく消滅しています。大型の漁船がビルの屋上に乗り上げたままになっていますが、これは質の悪い冗談よりももっと質が悪い、神のいたずらなのでしょうか。

いや、ここには神仏のたぐいが出る幕などどこにもありません。

そうした形而上の存在が所詮は幻にすぎないということを、ほかの何よりもこの荒廃の光景が証明してくれています。もしもこれが神仏による仕業だとしたら、間違いなく人類に対する大逆罪ということになってしまうでしょう。やっぱりそんな存在者はいないのです。

神仏は人間の弱さと狡さから生まれた幻影にすぎません。

つまり、神が人間を創りたもうたのではなく、人間が神を苦し紛れに創ったのです。ということは、すがる相手は人間に限られます。それも、最後の最後は自分自身の力を当てにするしかないのでしょう。

生はあまりにも脆く、死はあまりにも強力です。

こうした死の奇襲を受けてしまったとき、不退転の眼差しを失わないでいられる者が

いったい何人いるというのでしょうか。

命にかかわる大事に巻きこまれてしまった人間は、人間らしさよりも動物らしさを発揮したほうが助かる確率が高まるのでしょうか。

神に助けを求めるよりも、動物的直感を存分に働かせるべきなのでしょうか。

もしそうだとすれば、どうすればその選択が可能なのでしょうか。

たぶんそれは、自立の精神いかんにかかっていることでしょう。

あるいは、こういうときにこそ自立の精神が本当に身に付いているかどうかを試されるのかもしれません。

それにしても、私たちが依存しているこの世界は、何という危険に満ち満ちていることでしょう。

そのことが実感されてなりません。理屈ではよくわかっているつもりでも、こうして大地震と大津波の生々しい爪痕をまざまざと見せつけられてしまうと、身も心も縮めて、思考の働きを停止させるしかないのです。

ゆっくりとした小さな変動。

そして、だしぬけに発生する大きな変動。

そのくり返しが、この人類の惑星のみならず、宇宙の全体を覆い尽くしている真理のなかの真理だという事実が如実に迫ってきます。

この世が人間のためなんぞに存在してはいないことが、荒れ放題のこの光景のなかにはっきりと証明されています。生命体というのは、破壊と破滅の隙間を縫って存在するしかない、実に危うい代物にすぎません。

人間のための世界ではないということでしょうか。

それにもかかわらず、安定の立場を普通の状態と見なす、この楽観主義は、果たしてどこから生まれてきたのでしょうか。

そうとでも思いこまないことには、また、一方的にこの世を地獄そのものと決めつけてしまったのでは、自ら命を断つしかないところへたちまち追いこまれてしまうからでしょうか。

津波は総なめの破壊力を秘めています。その行く手に在るものは残らず潰します。爆弾や原爆でもここまでやれるかどうかは疑問です。人間の破壊力などたかが知れていると思わざるを得ません。ひょっとすると、今回の破壊も、自然界において発生するほかの種類の破壊に比べたら、ほんの子ども騙しということになるかもしれません。

ロシアのツングースカで起きた、あの隕石が原因と思われる大爆発がもし日本の上空を襲っていたなら、とてもこの程度では済まされなかったでしょう。恐竜の時代を終わらせてしまったと言われている、もっと大きな隕石の落下に見舞われた場合には、まさに破滅です。

アメリカのイエローストン国立公園の真下で次なる出番を待って、地球の生態系全体に影響を及ぼすほどの大噴火を虎視眈々と狙っている、巨大なマグマ溜まり。

理由さえもよくわからない地軸の急激なぶれ。

いつ見舞われるかわかったものではない、超新星の爆発がもたらすというガンマー線バースト。

温暖化とは別な原因で発生する気候の激変。

実際には、ここは人間のための世界などではないのです。

我々はただ単に、偶然の積み重ねがもたらした、人間の時代という短くて儚い運命をどうにかこうにか生きているにすぎません。ひっきょう、単なる偶然がもたらした、実に儚い存在のひとつでしかないのです。

この宇宙は、人間のことなど何とも思っていません。ほかの命のことだってそうです。

その意味において、この程度の災害は序の口と受けとめておくべきなのでしょうか。この先、途方もない、想像を絶する、小賢しい科学の力など遠く及ばない、防ぎようのない凄まじい破壊に見舞われてしまうことは、もちろん事実のなかの事実です。

太陽はいずれ肥大化してその高熱によって地球を焼き尽くし、呑みこみ、その太陽自身も爆発して消滅します。この天の川銀河にしてもアンドロメダ星雲と衝突し、それから徐々に星の時代は終わりを告げ、しまいには暗黒の世界になり、無へと迫ってゆく運命にあるのです。

我々はそうした非情な世界に身を置いているのです。世界は我々に対して存在しているわけではないということです。早い話が、とてつもなく憐れで、卑小な存在ということです。

でも、ほかの動物と同様、人間もまたそんなことをいちいち気にして生きるようには造られていません。高度な頭脳も、目先のことのみに思考と意識を集中するような構造なのです。だからこそ、これまで生きてこられたのでしょう。そうでなければ、自殺という形で、とうの昔に絶滅していたに違いありません。

ために、特にこれといった目的などなくたって、この世は生きるに値するのです。生き抜くことが最大にして唯一の生きる理由と結論付けたとしても、そう不自然な答えとは思えないのです。

自殺はたしかに愚者の結論かもしれません。

でも、他方においては、賢者の選択と言えないこともないでしょう。

しかし、そこまで愚者ではなく、そこまで賢者でもない我々普通の人間は、生き延びられる可能性がほんの少しでもあったなら、それを偉大な希望と解釈して、それを最大の目的と受けとめて、命の糸をせっせと紡いでゆくことができるのです。

とことん破壊されてしまった郷土のほぼ中心にそびえる丘に登ってきて、写生の授業を享受している学童たちの溌剌とした表情や態度こそが、人間の、いや、生き物全体における、この世での在り方を見事に象徴しているではないでしょうか。

かれらのひっきりなしの談笑には予見不能な未来を不安に思う気持ちなどかけらも見当たりません。花の周辺をめぐってさかんに飛び交っている蝶の群れにしても、ウグイスの絶え間ないさえずりにしてもまったく同じことです。

さいわいにして生き延びることができた者たちの存在が解消される気配はどこにも見当たりません。かれらの内部で生起するいっさいのものはたちどころに溌剌とした自由へと転化しています。

私の目にはたしかにそう映っています。

死なななかった者たちは、よしんば明日がどれほど不安に満ちたものであろうとも、ただちにその生をふたたび輝かせるべきなのです。それが自然の摂理というものなのでしょう。

子どもたちが描いている絵をちょっと覗きこんでみます。

被災現場を眺望し、俯瞰するにはまさにうってつけのポジションに身を置いているというのに、どの子もどの子も、草花や、新緑に覆われた木々や、破壊を免れた美しい風景のみを画題にしています。災害の爪痕は完全に無視されています。おそらくそんなものは見ないことに決めたのでしょう。見ても詮ないものを見たところでどうにもならないことを、おのれの流す涙にさんざん打ちのめされたあとで翻然と悟ったのでしょうか。

いや、ひょっとすると、実際に見えていないのかもしれません。

記憶から叩きだしてしまいたいという切望が強く働くことで、降って湧いた悲劇を観念のうちに封じこめたのでしょうか。

もしそうだとすれば、命の在り方としては、この子らのそれは真っ当であるということになるでしょう。そんな気がします。生きるということはこういうことなのでしょう。死をこうやって遠ざけてしまうのが正解なのでしょう。

被災者ではない、無責任な立場にある者の目から見れば、これくらいの破壊は復興が充分に可能な範囲と言えるでしょう。時間さえかければ、元通りか、あるいはそれ以上の回復を手に入れることができるでしょう。

我々人間はそうやってここまで生き延びてきたのですから。

生者は死者を乗り越えて生きてゆけるように造られているのですから。

現に、すでにしてあちこちでそうした逞しい動きが活発化しています。街としての秩序の失墜が僅かずつですが収拾の方向へと動き出しています。私の視界のなかだけでもたくさんの重機が動き回り、瓦礫の山が突き崩され、その分だけ平地の面積が広がりつつあります。

そのための重労働に従事している人々の動きにもいっさい虚無が感じられません。疲労感さえ見当たらないのです。悲壮感も、無力感も、倦怠感もかれらに近寄ることができないほどです。むしろ、それとは真逆な生命力の強さに圧倒されてしまいます。逆境が命の炎を燃え上がらせたという表現は失礼になるでしょうか。それでもそう思わずにはいられないのです。

また、死者の気配を感じることができません。三ヶ月が経過しているとはいえ、その名残りくらいは感じられてもおかしくないはずなのですが、それがどこにもないのです。もちろん、そこかしこにころがっている死者を目撃せざるを得なかった地元住民たちは、その心にうんざりするほど濃い死の影を落としていることでしょう。

ひとえに運が良かったせいで命拾いした、ある人が、淡々とした口調で、こんな話をしてくれました。


避難所へ移り住み、凄まじい恐怖をもたらした海に背を向けて衝撃に耐える数十日をどうにかやり過ごし、気力の半分が甦ってきたところで、実家の様子を見にゆくだけの勇気が湧いてきた。それで現場へと向かったものの、近づくにつれて胸苦しさを覚え、吐き気を催し、引き返そうと決めて顔を上げたとき、目の前に辛うじて原形を保っている実家があった。それを見た瞬間、濡れ衣を着せられたような心地になり、後悔した。やはり見るべきではなかったと思った。

それでもしばらくすると、家の内部が惨憺たるありさまになっていることを百も承知で、玄関の戸を開けてみたいという抗いがたい衝動に駆られた。そして無理やりこじ開け、荒れ放題のわが家へ足を踏み入れた。その途端、とんでもない物が目に飛びこんできた。溺死体だ。それも三体。がらくたに混じってころがっているさまは、限りなく無機質な印象で、死者と認められるようになるまでにはかなりの時間を要した。

しかし、それは紛うことなき死者だった。その証拠に、腐敗が進んでいた。それでも顔を識別することは可能だった。三人とも他人で、しかも知らない顔だった。そのとき、思わずこんな言葉が口を突いて出た。

「おれの家に知らない奴が勝手に上がりこんでいやがる」

そして、何だか無性に腹が立った。

この話をしてくれた人の気持ちはわかるような気がします。彼と同じ立場にいたならば、私もきっと同じようなことを感じたかもしれません。

とはいえ、彼の怒りはとりあえずその三人に向けられたものですが、実際にはそんなことになってしまった状況の全体を象徴する憤りなのではなかったのでしょうか。底なしの悲しみの重さによって蓋をされてきた憤怒の壺が口を開くきっかけとしての腹立たしさだったのでしょう。運命を呪うための糸口として、とりあえずその死者に不満をぶつけたに違いありません。

この石巻市だけでも、死者と行方不明者の数は現時点で五千人を超えているそうです。これは阪神淡路大震災で亡くなられた人の数とほぼ同じです。

でも、いくら想像力を働かせてみたところで、実感が湧いてきません。

要するに、私は依然として部外者の立場にいるのです。被災地を眺めているだけの見物人にすぎません。観光バスを仕立てて押しかけてくる人々と大差がないということです。まずそのことをきっちり認めておかないことには、とんでもない偽善者になってしまうように思えてなりません。

それでも物書きのサガとでも言いましょうか、あちこちへ視線を投げかけるたびにさまざまな言葉が湯水のごとく湧き出てきます。それは止めようがありません。しかも、いちいち書きとめられるほどの速度ではなく、だから、こうして喋りまくるしかないのです。書き下ろしではなく、語り下ろしでしか表現できないほどの生々しい現実が私の上に重くのしかかってきます。

そして今、ちょうど今し方、自分の家のなかにころがっていた死者にむかっ腹を立てた人と似たような怒りに捉われつつあります。

そうです、これは怒りです。

わけのわからない、理不尽と言えなくもない憤怒です。

しかし、私の場合は運命を呪っているのではなさそうです。それもたしかにあるにはあるのですが、怒りの矛先の大半は人間に向けられています。

もしもこれが純粋な天災であったなら、そうでもなかったのでしょうが、今回の災いには人災が割りこんできているのです。地震と津波だけであったなら、もっと単純に受けとめることができたでしょう。地震と津波の被害のみに援助と救助の力を集中するだけで、よしんばさまざまな問題が山積していたとしても、時間の問題でどうにか片をつけることが可能なはずです。

いや、あながちそうとは言えません。

地震学者には抵抗を覚えます。かれらはいったいこれまで何を研究してきたのでしょうか。それくらい地震の予知というのは難しいことなのだという、いつもの逃げ口上で押し通そうとしているようですが、本当にそれで済むのでしょうか。膨大な予算を使ったあげくに、その言い種はないでしょう。そんなことなら、素人の私でさえも言えることなのです。

この話は信じてもらわなくてけっこうですが、私は千葉県と茨城県の沖合いでひんぱんに発生していた、けっして小さいとは言えない規模の地震に厭な兆しを感じていました。やはり素人の友人にその話をすると、彼もまた同じ印象を抱いていたのです。たぶん、私たちのような直感を働かせていた人はかなり多かったのではないでしょうか。

にもかかわらず、専門家たちはそれらしい警告をまったく発していませんでした。別の地域についてはさかんに指摘していたようですが、この海域で起きるマグニチュード九などという超大型地震の可能性についてはまったく触れていませんでした。あげくに、地震はどこで起きても不思議はないのですといった、あまりに大雑把なコメントを堂々と述べ立てる体たらくです。

起きてしまってからああでもないこうでもないと理屈を並べ立てたり、パソコンを使った津波のシミュレーションの画像なんぞを得意げにマスコミに見せたりしたところで、それがどうだと言うのでしょうか。

それで飯を食いつづけてきたプロと言えるのでしょうか。

日本の学者というのは、所詮その程度なのでしょうか。学者のふりをするだけで、時至りなばその道の大家や大御所になれるような仕組みが出来上がっているのでしょうか。

これは余談です。知人の植物研究家から聞いた話です。

植物の専門家たちが一堂に会する大きな国際会議に、わが国では高名なエライ学者のお伴で出席したときのことだそうです。なぜか外国の学者たちは皆、単なる助手にすぎない彼のほうばかりに親しげに話し掛け、彼の先生を無視する。彼は困り果て、どうにかしてかれらの注意を自分の先生のほうへ向けようと四苦八苦し、かなり強引な紹介の仕方をしても挨拶以上の言葉を発しない。かれらの先生に対するそうした態度は最後までつづき、レセプションの席で彼はその理由についてずばりと尋ねてみた。どうしてうちの先生と語り合ってくれないのですか、と。あの方は日本ではトップクラスの植物学者なんですよ、と。

するとかれらは、そんなことは承知しているという顔をし、それから声をひそめて、日本ではどう見られているか知らないが、自分たちはあの人を学者とは認めない。なぜなら、植物学者の体型をしていないからだ。年がら年中野山を歩き回らなくてはならない立場にある人間があんなにぶくぶく太っているわけがない。その点、おまえは植物学者の典型の肉体を持っている。だから、おまえとしか話したくないんだ。こんなことは常識中の常識というものだ。

そして最後に、こう言ってのけた。ボクサーたちの集まりのなかへ贅肉だらけの男が紛れこんできても、まともな扱いを受けないのは当然でしょうが、と。

聞けば、植物学の世界のみならず、ほかの学界においても似たような例が無数にあるそうです。そしてそれが日本の学問の実態ということらしいのです。つまり、インチキの権威で彩られている世界というわけです。

学者からしてこれでは、政治家や役人や、はたまた芸術家までが見せかけのみで成立していたとしても無理からぬことでしょう。この国から何か画期的な新しいことが芽生えそうに思えないのは、そこに致命的な原因があるからでしょう。少なくとも一流の国家をめざす資格はないようです。

話を戻します。

地震の予知が至難の業と言い張るのなら、いっそのことそんな研究なんぞやめてしまったらどうでしょう。そして研究費と称する多額の費用を防災のほうに注ぎこんだらどうでしょう。それこそが生きた金の使い方というものです。

そう遠くない将来において確実に起きると言われて、高価な機器をたくさん設置して備えている、あの東海地震ですら、果たして効果的な予測できるかどうか怪しいものです。その証拠に、地震はいつも専門家たちの予測の裏をかきます。まるでかれらの無能ぶりをからかっているかのように、とんでもないところで発生します。

過去において、今回くらいの規模の大津波に襲われたことはすでに実証され、しっかりと確認されています。ところが、その貴重な教訓がまったく活かされていなかったのはなぜなのでしょうか。専門家たちがこれで安心と太鼓判を押した高さの防潮堤をやすやすと乗り越えてしまった今回の津波と同じくらいの津波が過去においてもあったのです。そのことはもうずっと以前に証明された、厳然たる事実なのです。

ところが、学者たちはなぜかその事実を蔑ろにし、もっと低い防潮堤で充分という答えを自信たっぷりに出したのです。おかげでこのざまです。むしろ、人災です。原発の事故と同レベルのお粗末極まりない人災です。

そんななかで、住民たちの独自の判断によって高台に住居を移していたおかげで難を逃れた集落があったという話を聞きました。かれらは学者には意見を求めず、あくまで祖先たちの経験を重視してそうした賢明なる答えを出し、万難を排して転居計画を実行に移したのだそうです。

何という見識の高さなのでしょう。

これこそが知性の働きというものです。

これこそが教養の高さというものです。

これこそが自立の精神というものです。

そしてまた、真っ当に生き抜くことができる、人間らしい人間というものです。

実際には国民のことなど真剣に考えたこともない国家も、国家にべったりの卑しい心根の学者も信用せず、かれらはひたすら自分たちの判断力を信じてその道を選択したのです。かれらこそが本来在るべき姿の日本人です。いや、理念と共に生きる人間としての在り方なのです。感服するほかありません。この国にそうした人々が少数であっても存在したという事実にとても勇気づけられます。日本もまだそう棄てたものではないという思いがつのり、心強く感じます。

しかし、残念なことに、日本人の大方の実態はというと、かれらとは正反対に位置しています。

強い相手に闇雲に従う、権力と権威に一も二もなく屈してしまうという、野蛮で、原始的で、動物的で、非理性的な、事大主義に毒されてしまっています。これは主義などという範疇にも属さない、滑稽なまでに憐れな習性にすぎません。自分を持っていないことで、自分を主張しないことで、それ一辺倒で生き延びようとするのは、卑劣で醜悪であるばかりではなく、ほとんど昆虫に近い生き方であって、永久に人間性の夜明けを迎えられない、恥辱的な欠点なのです。

多くの人々が独立した一個の人間としての立場をきちんと確保してさえいたならば、この大災害も最小限にとどめられたことでしょう。悔やまれてなりません。

そのふりをして見せるだけでその道の権威になりおおせてしまうという、この異様な国を支えてきたのは、おのれを殺し、周囲と調子を合せることのみに気を配るという異常な国民性です。

それらしく見える強者や、飾り物としての伝統や文化にしがみつくことで不安を解消し、重大な判断や決断を他者に委ね、自分はその裏に隠れて子どもみたいに従ってきた、その付けが、今またこうした、あまりと言えばあまりな形で支払わされているのです。

もうだいぶ前に観た、民放制作のテレビ番組のことを思いだしています。

たしかあれはパプアニューギニアの密林で暮らす普通の家族だったと記憶していますが、日本の都会に住む普通の家族とのあいだで交換留学にも似たことを企て、異文化でいっぱいの生活を互いに体験してもらい、かれらがそこから受ける衝撃の度合いを面白おかしく記録して放映し、先進国に身を置いている視聴者たちの優越感をくすぐりながら楽しませるという、高視聴率を露骨に狙った、いやらしい下心が見え見えの代物です。原始社会同然の国に出かけた日本人家族の狼狽ぶりは、まさしく制作者の狙い通りでした。

いや、そうした意図をはるかに上回っていたかもしれません。

無様で、見苦しく、あまりにも弱々しく、あまりにも臆病で、そこには生気のかけらも見いだせなかったのです。

そしてさらには、自分というものをしっかり持っていないことに起因する恥の数々がさらけだされ、何だか日本人の醜悪さが露呈されてしまったみたいで、観ているこっちのほうまでかなり恥ずかしくなったことを今でも覚えています。

ところが、日本へやってきた家族のほうはというと、それとは対極の予想外の反応を示したのです。

むろん、ジャングルの生活しか知らないかれらの驚きときたら、それはもう大変なものでした。大都会を目の当たりにしたとき、「これを全部自分たちで造ったのか」という感想にかれらの驚愕のすべてが込められていました。

見るもの聞くもの、手に触れるもの食べるものすべてにいちいち驚嘆し、動物園に案内されたときなどには、檻に閉じ込められているから心配ないという忠告にも耳を貸さず、心底から怯えきっていました。

ですが、そんなかれらに私はとても新鮮な本物の感動を覚えたのです。

おそらく制作者の念頭にはなかった効果だったでしょう。かれらの態度の立派なことといったらありませんでした。素直に驚き、素直に感心するのですが、圧倒的な近代文明の数々に包囲されても、自分をけっして見失うことがないのです。

だからといって、虚勢を張っているふしもまったく見受けられません。しかも、礼儀をきちんと弁えており、優しさや思いやりをしっかりと持ち合せていて、表情から態度からそれはもう実に見事なものでした。

人間からこれほどの感服が得られたのは久しぶりのことです。

戦後も現地の密林の奥で兵士としての立場を貫き通し、事情を説明され、説得されて帰国を決意した、あの小野田さんが、昭和天皇が死んでいないことを聞かされた際に示した表情や態度をテレビ中継で観たとき以来の感動でした。

「えっ、生きておられるのですか？」と聞き返したときの、彼のあの一瞬の戸惑いと驚きの顔のなかに、私はかくあるべき人間性を垣間見たような気がしたのです。

とはいえ、その後、彼が辿った人生については、無理からぬこととはいえ、うなずけないことが多々あり、せっかくの感激も帳消しになってしまったのは残念です。

先進国とやらの日本の暮らしのなかに突然放りこまれたパプアニューギニアの一家は、家族のひとりひとりが自立し、おのれをきちんと持ち、真っ当な生き方を弁え、他人への思いやりにあふれた接し方も充分に心得ていました。

そして、これこそが人間らしい人間なのだという、こまやかな愛情と堂々たる自然体を最後まで崩さずに帰国の途に就いたのです。

これには心底感動を覚えました。日本人がいかに人間として一番大切なものを持っていないかを痛感しないではいられませんでした。そのあと、人前で赤恥をかかされたような気分が当分のあいだつづいたものです。

あの人たちはかれらの自由と尊厳を完全に支配していたのです。

それにひきかえ、日本人は敗戦によってアメリカから押しつけられた自由を未だに持て余しているありさまです。

つまり、自ら勝ち取った自由でないがために、その宝物の価値についてもまったく理解しておらず、また、理解しようともしていません。むしろ、自由であることに不自由を感じているふしが多々見受けられる始末です。しかも、国家から脅しを受けたというわけでもないのに、自由であることの権利のほとんどを自ら放棄しています。

これはいったいどういうことでしょうか。

自由主義も、民主主義も、この国の人々にとってはおそらくアクセサリー程度の意味と価値しかないのでしょうか。

日本人の本音と本心は、常にしがみつく相手を求めることにしかないのでしょうか。

これはもはや遺伝子のなかにがっちりと組み込まれてしまっている、限りなく本能に近いものなのでしょうか。

そうでなければ、戦後から六十数年経とうとしている現在、日本人の精神がそろそろ本物の自由へと転化する気配くらいは認められて然るべきなのです。

ところが、未だにこの国は真の自由へと舵を切る兆しすら見当たりません。自由を前にして自己を問いなおすことさえもしていません。漠然としながらもすっかり固定化されてしまった事大主義にふたたび寄りかかりながら、日々の移ろいのなかに埋没し、俗世におけるささやかな楽しみを堪能して安穏の生涯を送ろうとしています。

けれども、この世はそれほど甘い生き方をいつまでも許しておくような寛大さを持ち合せていません。

この世は、その始まりから途方もなく残酷に造られています。命にかかわる大事でいっぱいに満たされています。タフな死に神が眠りこけることなど一瞬たりともありません。安心立命の母胎となるものを現世にいくら追求してみたところで徒労というものです。自分の生をそれなりに生きればいいのだという程度の覚悟など一発で粉砕されてしまうのが、この世界の掟なのです。

要するに、我々の命は不安だらけの世に裸同然で放りだされていることになります。

だからといって、その重圧にあっさりと屈してしまっていいものなのでしょうか。ろくに頑張りもしないで、ちょっとした悲劇に見舞われただけで、子どものように泣き叫び、音をあげてもかまわないのでしょうか。

人間なのだからという言いわけを、弱さを肯定する最大の理由として安易に使っていいのでしょうか。

かたわらにいる強者に、社会に、国家にしがみついて全面的な助けを待つという以外の道を考えてみなくてもいいのでしょうか。

いかに理想に近い国家に身を置いていようとも、最後の最後で自分を救うのは自分自身にほかなりません。

当てにできるのは自分自身であるというのは、生きてゆく上での鉄則であり、また、基本中の基本の覚悟なのです。せめてそれくらいの強さを具えていないようでは、人間としての資格がないどころか、動物にも劣る存在ということになってしまいます。そして、最低限そのくらいの人間をめざすことこそが、生きる目的のひとつなのです。

人は弱い生き物だからという、だらしなさが売り物の私小説作家好みの安易な答えに魅せられ、それを隠れ蓑にして、それを方便として使い、大のおとなが人前で大げさな苦悩を見せびらかし、同情や共感を期待して泣き叫ぶのは、恥ずかしいという以前に、自らを破滅へと引き寄せる、最悪で最低の愚行でしかありません。

人は、人が思っているほど弱い生き物ではありません。

弱さを簡単に認めてしまうことから弱さが際限なく深まってゆくのです。それだけのことなのです。

そうかといって、ひとたび強さを求めれば、たちまちのうちに高い障壁に囲まれてしまい、身動きが取れなくなり、孤立感に責め苛まれることになります。

しかし、好きも嫌いもなく、この世を生き抜くには後者を選択するしかないのです。それは命を与えられた者の使命と言えるでしょう。殊に、搾取されるばかりで、いつまでも金銭的に恵まれない我々庶民としては尚更です。

人間は強いからこそ幾多の危難と無数の犠牲者を乗り越えてここまで種を保ちつづけることができたのです。

本当に弱い者は淘汰される宿命にありますから、今、生きているということは強い証しにほかなりません。

ですが、文明の発達が人間を弱い方向へと引きずりこみました。あらゆる便利さが弱くても生きてゆかれそうな錯覚を与えました。

さらには、その女々しい生き方に美学を見いだしたりする、極めて不自然な風潮が高まり、分けても芸術の分野においては顕著になりました。でも、そこから生まれた作品の寿命は関係者が信じこんでいるほど長くはありません。作品の持つ弱さゆえに、結局、早死にしてしまうのです。

存在意義があるとすれば、それはひたすら強く生きることにあるのでしょう。強く生きることにこそ人生の真の醍醐味が隠されているのでしょう。面白く生きるとはそういうことに違いありません。

そして、姿勢を強さへと転換するきっかけをつかむには、居直りに勝るものはありません。

そうです、まずはふてくされ、ついで開き直るのです。それが強く生きるための入口というわけです。

また、強い生き方を持続させるにはけっして怒りの感情を自分で抑えこんでしまわないことです。

自分を弱いと決めつけたがる自分に対する怒り。

その弱みにつけこんでおのれの利害に利用しようとする他者への怒り。税金をむしり取るばかりで、口先だけの理念をふりまわすだけで、結局は大したこともできない国家への怒り。

この国を陰で牛耳る大企業がもたらす取り返しのつかない被害への怒り。非常時に何の役にも立たないどころか、国家や企業の手先となって真実を歪めてしまう、腐れ学者たちへの怒り。

とはいえ、どんなに激しい怒りであっても長くはつづきません。悲しみや喜びと同様、怒りもまた時が押し流してしまいます。

怒りが薄らいでからが本当の勝負になるでしょう。強い生き方を身に付けられるかどうかは、心の起伏が少ないときの状態をどう意識して過ごすかにかかっています。

意志というものが精神の奈辺にあるのか知る由もありませんが、しかし、確かに存在するこの意志こそが重大な鍵となります。意志があっての人間なのです。意志があっての自由なのです。意志がすべてと言っても過言ではないでしょう。

事大主義は、意志の著しい欠如がもたらした重い病にほかなりません。

そうです。日本人は重症患者ということです。それも代々引き継がれてゆく、ひどく質の悪い、慢性的な病なのです。

厄介千万なこの疾患からいつになったら脱け出せるのでしょうか。

特効薬が在るとはとても思えません。

もしも回復の見込みが立たない病だとすれば、その病と上手に付き合ってゆくしか術がないのでしょうか。

それが日本人というものなのだから、それでいいではないかという、愛国主義者や民族主義者が好む論理を受け容れるしかないのでしょうか。

そんなことはありません。

いえ、あってはならないことなのです。

啓蒙主義などにしがみつかなくても、人間としての唯一無二の宝である個人の自由を手に入れることは可能なのです。こうした大災害を契機に居直ることができさえすれば、事大主義からの脱却も夢ではありません。いっぺんに全員が生まれ変わることは無理でしょうが、たとえそれがひと握りの心ある人々のあいだで生じた改革であったとしても、それは徐々に、そして確実に波及してゆくことでしょう。

事大主義がいかに恥ずべき尺度であるかという、また、それを美化して自分たちの理不尽な権益を守りたがる特定少数派がいかに非人間的であるかという認識が、厳然たる事実として、真理のなかの真理として、心ある人々のあいだに浸透し、広がってゆくに違いないのです。

事大主義を大歓迎する愛国主義や民族主義は、またもや自分たちの天下を奪還したとしても、最終的には自国を破滅へと導くだけでしょう。しかも、かれらの時代錯誤な選択は、人類全体に対する大逆罪と言えるでしょう。人間の暴力性を沸騰させてしまう戦争が絶えない理由は、まさしくかれらと、かれらに従ってしまう愚民にあるのです。「愛国主義は悪党どもの最後の拠り所」という、的を突いた有名な言葉を忘れてはなりません。

事大主義者はその悪党どもに狙われやすく、騙されやすい人種なのです。要するに、カモの集まりというわけです。

あなたはカモにされたいのでしょうか。

カモにされていることも気づかないまま屈辱の一生を終えるのでしょうか。

人間として生涯を送ることがどんな意味を持っているのか、あなたは本当にわかって

いるのでしょうか。

あなたをカモにし、あなたをとことんコケにしている連中は、あなたを無知にして卑俗な大衆のひとり、さもなければ、ちょっと鞭を振り回すだけで怯えきってしまう臆病な奴隷のひとりと、せいぜいそれくらいの存在にしか思っていません。

そして、あなたが真実に気づき、目が覚め、怒り狂い、反旗をひるがえそうという気配をほんの少しでも見せたときには、かれらはすかさず飴をしゃぶらせるのです。でも、その飴にしても元々は税金で、つまり、あなたのふところから出た金で作ったものです。あるいは、勲章のたぐいを授けて黙らせます。それでも非を厳しく指摘された場合には、済まなかったと口先だけの詫びをくり返し、低姿勢に転じます。必要とあれば土下座も辞さないでしょう。

かれらに取って謝罪など朝飯前のことにすぎません。

そして、謝りながら腹のなかで舌を出しているのです。この危機を何とか切り抜けさえすれば、どうせまた自分たちのやりたい放題の時代が回ってきて、おまえたちははした金で一生を棒にふる憐れな奴隷に舞い戻るのだと、そうつぶやいているに違いありません。現に、そうなるのです。

かれらが最も恐れているのは、怒りの爆発がもたらす国民の暴動です。暴動に端を発するこの国家体制の転覆です。

もしもそういう事態に陥ったときには、今は被災地に献身することでかつてないほどの好評を博し、意義を実感している自衛隊があっと言う間に態度を硬化させ、国民の味方から手ごわい敵へと変身することでしょう。

しかし、それこそがかれらの真実の姿なのです。

大半の自衛隊員は教えられていないせいで権力の真の狙いにまったく気づいていないのでしょうが、実際には国内に向けての軍隊として、同胞を武力によって弾圧するための組織として存在しているのです。

このことは万国に共通する真実です。

世界的に評判の悪い、国家の指導者を身内で継承するという、名ばかりの社会主義を恐怖のみで維持しつづける、あの隣国に、わが国民が何年間にもわたって拉致されつづけたというのに、しかもそのとんでもない事実を当初から把握していたにもかかわらず、何の手も打たずにとぼけてきたこの国の政府、そして、自衛隊。

国民の生命財産を守るのが国家最大の義務であり責務であると豪語しながら、悪党国家に自国の民をつぎつぎにさらわれても手を拱いており、効果などまったく期待できない、口先ばかりの解決策を並べ立てるばかり。

それも近頃では、そんな問題など存在しなかったかのような素振り。

国民の安全を確保するのが最大の眼目であるべき国家が、どうして原発の建設を許可しつづけたのでしょう。

絶対的な安全などあり得ないと承知していながら、ひとたび檻から脱出したときに甚大な被害を及ぼすとわかっている野獣をたくさん飼うような真似をどうしてやめられなかったのでしょう。

このことひとつを例に取っても、かれらこそが国民の敵であることを悟らざるを得ないのです。

そして、かれらこそが非国民であり、国賊であり、反社会的な危険分子であると思わざるを得ないのです。

石巻市のほぼ全体を小高い丘の上から俯瞰しながらさまざまな思いに駆られ、憤怒と情熱とが滾るままにさまざまな言葉を発してきた私は、これからいよいよ市中へ向かって下って行きます。

暑気はますます強まり、熱風と言ってもかまわないほどの不快な風が吹き、そのたびにこれまた何とも不快な土埃が舞い上がります。

それにも増して我慢ならないのは、この悪臭です。場所によっては、耐えきれないほどの異臭に襲われます。養豚場でも見かけないほどおびただしい数のハエが至る所に飛び交っています。

どこもかしこもが同じ光景を呈しています。

破壊の受け方に一定の形があるせいで、ほどなく目が慣れてしまい、当初あれほど強く感じた衝撃の光景が、ほんの一時間後の今ではもう当たり前なものと化しています。脳が麻痺してきているのでしょうか。どこに視線を向けても、それが戦場さながら、地獄さながらには思えなくなってきています。

それどころか、もうかなり前から、数十年も前から眺めてきた風景のように感じられてなりません。

そうやって神経を麻痺させないことには、現実のあまりの重さに耐えられないのでしょうか。

そして、いつの間にか悲劇の気配がどこかへ消え失せてしまっています。

つまり、この異様な眺めがそっくりそのまま未来へ引き継がれてゆくような錯覚に陥ってしまうのです。

それだけではありません。これはこれでいいのではないかという、あまりにも恐ろしい解釈が頭をもたげてきています。

当事者でないということの冷酷さとはこれほどひどいものなのでしょうか。

あるいは、深層心理のどこかで、この事実をもっと規模の大きい終わりの始まりと受けとめているのでしょうか。

本能的な直感が人類の終焉を捉えているのでしょうか。

わが胸のうちを、かつて味わったことがないような荒廃した気分がいっぱいに占めています。自分が現在どこに身を置いているのか理解していないというか、位置関係に興味を失ってしまっているようです。

それに、何ということでしょう、世界が破滅へ向かうことを望む、もうひとりの私がはっきりと自覚されるのです。

人間は所詮、この世に最も不向きな生き物であり、どうやっても馴染まない存在であるのかもしれないという、安直なペシミズムに蝕まれ始めています。

人間さえいなければ、この惑星はもっと素晴らしい輝きに彩られていたのではないでしょうか。

人間たちが不幸の種をばらまき、育ててきたのではないのでしょうか。

人間が消えることによって、ほかの生き物たちはきらきらとした生をのびのびと営むことができるようになるのではないでしょうか。

人間の存在しないところに悲劇は存在しないという事実に打ちのめされそうです。

人間さえいなければ、神仏などという馬鹿げた代物も無用なのです。

荒れ放題の埃っぽい街をよぎって行く私に向かって、へんに高揚した虚無が波状攻撃を仕掛けてきます。そのつど私は咳払いをして心を入れ替えようとしますが、どうしてもうまくゆきません。人間としての自分がもはやここまでというところへ追い立てられているような気がしてなりません。

だからといって、混乱はなく、かなり冷静な、冷淡と言ってもかまわないほどのもうひとりの私を生々しく感じています。

ほどなく、行く手前方に、慣れてきた目にはかなり新鮮な光景がぐんぐん迫ってきます。漁船が人家の屋根にのしかかっているといったたぐいの眺めにはもうまったく驚かなくなっているのに、その奇妙な形の建造物からはどうしても目が離れません。

聞けば、地元出身の有名な漫画家の記念館だとか。

なるほど、だからこんな思い切った、異星人に操られる宇宙船のような、あるいは、上空を流れる雲のひとかたまりを地上に引きずり下ろしたような構造をしているのでしょう。ともあれ、その建造物が道化師のごとく悲惨な状況を幾分和らげていることは確かです。ひとりでに笑みがこぼれてしまいます。

地震と津波の直撃を受けたはずなのに、外見上は無事に見えます。だからといって、自然の猛威に打ち克ったことの感動は覚えません。むしろ、ある種の滑稽さが優先されてしまうのです。

また、この風変わりな建物よりも、同じ中州のなかにある、自由の女神のステンレス製のレプリカのほうに関心が向けられてしまうのはなぜでしょうか。

レプリカといえども、かなり大きな自由の女神で、真下から仰ぎ見るとそれなりの迫力を禁じ得ません。とはいえ、神通力など期待すべくもないこの女神は、損傷がはげしく、特に下半身がひどくやられています。足の部分がほとんど致命的な破壊を受けてい

ます。修復はかなり難しいでしょう。これが生身の人間だったら、間違いなく即死だったことでしょう。

あくまで無責任な個人としての意見ですが、この女神像はこのままにしておいたほうがいいような気がしてなりません。負の記念として打ってつけだという意味ではないのです。また、不完全な造形のせいで、より深い美を感じてのことでもありません。

壊れた自由の女神が、日本の自由をまさに象徴しているように思えてならないからです。

いや、世界の自由の実態を如実に物語っていると、そう感じてしまうからでしょう。つまり、足がしっかりと地に着いた自由はもはや瀕死の状態にあるという、そうした意味での自由の女神に思えてならないからです。

真の意味における自由は、今、虫の息です。

自由経済という美名のもとに世界資本主義という名の深刻な流行り病の蔓延がもたらされ、ほんのひと握りの人々のみに過剰な豊かさが集中するという、理念とはおよそかけ離れた、悪しき答えが出てしまいました。

発展途上国という耳に響きのいい言い回しは、大ウソで、詭弁で、まやかし以外の何ものでもありません。被搾取国として固められ、極度の貧困が揺るぎないものと化しています。世界中の大多数の人間は、悲劇と不幸の無限連鎖の大渦から逃れられなくなり、生まれてこないほうがよかったと思うしかないような煉獄に閉じこめられつつあるのです。認めようと認めまいと、それが現状なのです。

あくどい奴が生き延びるのだという悪としての資本主義はともかく、神聖にして高貴な使命を帯びた、万人のための資本主義というきれいごとはすでに通用しなくなってきています。

社会主義、共産主義も、その思想が気高過ぎたことで生身の人間の何たるかを無視し過ぎたために、そうなって当然という形であっけなく崩壊しました。現在辛うじて残っているそうした国家も、形のみの主義と体裁としての思想でしかなく、その本質はまさに資本主義の悪辣な骨組みで成り立っています。

頑張った者が報われるという真っ赤な嘘で塗り固められた、この資本主義も、すでにだいぶ以前から崩壊の憂き目にたびたびあっています。そして、その欠陥についても知れ渡ってきています。

けれども、それに取って代わる主義や思想が登場してこないせいで、資本主義はどうにか持ち堪え、持ち堪えることでさらなる悪化を招いています。

要するに、不幸の図式が際限なく広がり、人間は金の亡者となり、経済的な豊かさのみが固定観念となった偏見として基本的人権を苛んでいるのです。

ひょっとすると、この憐れな自由の女神が高々とかざしているのは、永遠に真理でありつづける理想のトーチなどではなく、理性の側に立つ人間性のすべてを燃やし尽くそうとする業火なのかもしれません。

アメリカは依然として帝国主義や覇権主義と手を切るつもりはないようです。

アメリカは暴力の信奉者であっても、愛の神の信奉者などでは断じてありません。かれらは弱肉強食を真理のなかの真理と受けとめ、それこそが現実に即した永久不滅の尺度という解釈をけっして棄てません。だからこそ、あれほどまでに軍事力にこだわりつづけるのです。暴力さえしっかりと身につけておけば、あとのことは少々問題があったとしてもどうにかなるというのがアメリカの考えの基盤なのです。

なにしろ、気に食わないというだけで外国の指導者を堂々と殺すばかりか、自国の大統領の命さえ平気で奪うような野蛮な国家なのです。こんな国が世界を牛耳っているあいだは、恒久平和などという言葉はまやかし以外の何ものでもありません。かれらは戦争を望んでいます。それも絶え間なくです。そうすることで自分たちの経済を発展させ、一部の連中のふところを肥やしつづけているのです。

要するに、戦争こそが一番うま味のある、しかも手っ取り早く儲けられるビジネスというわけです。

そうはいっても、伸るか反るかの大博打としての世界大戦のような戦争は好みません。自分たちの国が圧倒的な勝利をおさめられることが最初からわかっているような、比較的小規模で、しかも早期に終わらせることができる戦争を狙っているのです。起きそうにない場合は、えげつないにも程がある小細工を弄してまで仕掛けます。

そして、ひとたび勃発ということになれば、消費の最たるものとして紛争解決のために巨額の軍事費が国家予算として堂々と計上され、投入され、それは、軍、産、官の関係者に莫大な利益をもたらし、さらには、見かけ上の好景気をもたらすのです。しかも、その圧倒的な勝利は、国民を高揚させ、かれらのあいだに広がりつつあった不満や不安をいっぺんで吹き飛ばし、社会の矛盾を忘れさせてしまうのです。

その犠牲者は無理やり敵として位置づけられた小国のみではありません。戦死者は自国にも出ているのです。祖国を救う英雄という、コミック的なイメージを真に受けた、そのままでは大学に行けず、ためにまともな職に就けそうにもない、貧しい若者たちは、建前とは何の関係もない戦争に駆りたてられ、地の果てとしか思えないような戦場に送り出されて、やはり自分たちと似たような境遇にある、見ず知らずの若者を相手に殺し合いを演じさせられるのです。

そしてそうなったときに初めて、それが無意味な戦争であることに気づき、身の縮む思いをし、自己犠牲を強いられている立場に理不尽さを覚え、殺戮に嫌悪感を覚えるようになり、死の羅列に終わる戦争を呪うのです。

しかし、時すでに遅しで、引くに引かれぬ地獄の状況の最中、ほどなくかれらは厳しい選択を迫られることになります。

サディスチックな人殺しのプロとなるか、さもなければ、戦死者として母国に送り返される日を待つ諦念者となるか。

いずれを選んだとしても、かれらが棄てられる肉であることに変わりはないのです。よしんば運よく元通りの体で生還できたとしても、英雄として迎えてもらえるかどうかはわかりません。国家は儀礼的にそうした扱いをするでしょうが、しかし、社会の受けとめ方はもっとシビアなものになる可能性が高いのです。理由はどうであれ、一般の人々は帰還したかれらを特別の目で見ることでしょう。言葉では敬意を払ってくれても、正直な心の目は人殺しとして捉えているに違いないのです。

また、誰よりも当人が、自分を絶対に赦せない者として見ているのです。罰当たりな魂になってしまった負い目と罪悪感とを一生引きずってゆかなければならない羽目に追いこまれた自分を意識せずにはいられません。

それに耐えられる者などおそらくひとりもいないでしょう。

まだ人生の何たるかも知らないような純粋な若者たちを、そんな人間にしてしまった責任をいったい誰が取れると言うのでしょうか。

国家はささやかな軍人恩給と、勇敢な人殺しとして称える勲章を授けて、あとは知らん顔です。ほったらかしもいいところです。

そしてかれらを戦場に送った連中はというと、自分の手を汚さなかったことで、体をむろんのこと心さえも傷つかず、兵士を弾薬と同様に消耗品としか見なさない冷酷さを保ちつづけ、私利私欲を満足させるための戦争を次から次へと仕掛けてゆくのです。

それがアメリカという国です。

そんな歪んだ国策がテロリストの数を増やしてしまうのは当然でしょう。そしてアメリカはテロリストが途切れないことをひそかに歓迎しているのです。要するに、紛争の種が絶えてしまうことが最大の恐怖なのでしょう。

そんな危険なアメリカにこの国はいったいいつまでどこまで追従するつもりなのでしょうか。

世界一の強者であるアメリカといえども、けっして難攻不落の大国ではありません。いつかきっとその座を明け渡すことになるでしょう。それが歴史というものです。

戦争によって経済を活性化させるという、不健全で安易な国策は、必ずや深刻な付けを残すことになります。当初は成功したように思えても、所詮は非生産的な行為の最たるものなのですから、しまいには取り返しのつかないほどの経済的破綻を来すことになります。あげくに世界中を敵に回すことにもなりかねず、それより何より自国民にいっせいにそっぽを向かれてしまう羽目になるでしょう。同じ手口で国民を騙しつづけることは至難の業なのです。

アメリカは危ない綱渡りをつづけています。

そしてそれを際限なくエスカレートさせています。

でも、さすがにここへきて翳りが出てきています。長年にわたって国防費を湯水のごとく使うという無茶がいつまでも通用するはずがありません。本当の意味における健全な経済の体質を蔑ろにしてきたせいで、不健全な経済の体質に繕いきれないほどの大きなひび割れが生じてきています。さりとて、資金をけちれば、これまでのような圧倒的な軍事力を確保することができません。となると、当然、同盟国たる日本に足りない分を肩代わりさせようと迫ってきます。

ところが、今や日本はこのざまです。

天災と人災の板挟みに遭って身動きとれません。アメリカの戦費を補うゆとりなどまったくないのです。しかも、へたをすると先進国という肩書を外さなくてはならないような方向へと傾きつつあるのかもしれません。放射能の影響にしても、今はまだしも将来においてはどうなるのかわかったものではないのです。関係者たちは二、三十年後のことなどまったく考えていません。この場をどうにかやり過ごすことで頭がいっぱいなのです。なぜなら、そのときにはすでに責任を問われる立場にいないことを承知しているからです。目の前の二、三年をどうにか言いつくろって誤魔化し、引退してゆけばいいと思っているのでしょう。

そんな無責任な連中が、政治家をやり、企業家をやり、役人をやり、学者をやっているのです。そしてかれらは、もしも日本が人の住めないようなことに立ち至った場合には、外国へ脱出してのうのうと暮らせるだけの財力を持っています。溜まりに溜まった放射能物質の底で死ぬまでうごめいていなければならないのは我々なのです。

このステンレス製の自由の女神は泣いています。

世界の未来が果てしのない人間の欲望にどんどん閉ざされてゆくことを嘆いて、今では匙を投げようとしています。しかも彼女は、この地震とこの津波でもって人間界の将来を象徴させているのかもしれません。

今、私の頭上をおびただしい数にのぼる海鳥が飛び交っています。

その鳴き声もまた何やら否定的な未来を暗示しているかのように聞こえてなりません。人類の時代は終わりに近づいている。これからは動物たちの時代が訪れる。そんな意味を込めた鳴き声なのでしょうか。

正直に言いますが、私個人としてはこの稀有な惑星がどうなったところでかまわないと思っています。

永久不変の存在など絶対にあり得ないと承知している者にとっては、数万年後、数十万年後、数百万年後という遠い未来ではなく、今から数年後に地球の最期が訪れたとしても、瞬時にして腹を括ることができるでしょう。むしろ、そうした記念すべき境目に立ち会うことができた幸運を喜ばしく思うかもしれません。

仮に、破壊とも消滅とも滅亡ともいっさい無縁な、完璧な安心立命の世界が実在し、我々がそこで暮らしていたとしても、個人的な死を免れることだけは不可能でしょう。いかなる形であるにせよ、死はすべての命に必ず訪れます。必滅は命の必須条件なのです。

もしも永遠の命があったとすれば、それは実に悲惨な存在となるでしょう。なぜなら、長く生きれば生きるほど事故に見舞われる確率が高くなり、しまいには全員が身体障害者の身となり、介護なしでは暮らせない、しかし、それでも終わらない命をとことん呪う立場においやられてしまうことでしょう。

そういう意味では、これくらいの寿命が正解なのだと思います。

だから、そうむきになって生にこだわることもなければ、死をそれほどまでに恐れることもないのです。

この世に生きていることを感謝したくなるほど、あるいは、有頂天になるような喜びを感じるほど、あるいはまた、死にたくないと天に向かって絶叫したくなるほど、それほどまでに命にこだわることができる時期は、人生においてほんの一瞬でしかありません。あとはもう、ただ生きているから生きつづけるとか、死ぬのも面倒だから生きているとか、生きていればそのうち何かいいことがあるかもしれないとか、そんな理由にもならない理由で生きているというのが実際のところではないでしょうか。つまり、親が産んでくれたことに感謝するような人生を送れる者は極めて少数だということです。

大方の人々は刺激に乏しい日々の移ろいに退屈しながら、今をどう生きてゆくかでせいいっぱいの自分を持て余しながら、あまりぱっとしない生をだらだらと営んでいるのです。そして、突如として、そういう地味な安定を根こそぎにされるような激変に見舞われると、初めて単調で平凡な暮らしにありがたみを覚えるのです。まあ、人間なんてそんなものでしょう。

でも、ひとたび起きてしまった変化を元に戻すことはできません。時の流れはけっして変えられないという厳し過ぎる現実を黙って受け容れるしかないのです。死者を死者として受け容れ、なるべく早めに見切りをつけながら、依然として生者でありつづける自分をいつか訪れる生の終わりの日まで何とか保ちつづけるしかないのです。

天国の存在を肯定するほど愚かではありませんが、しかし、地獄の存在だけはきっぱりと否定したいと思います。なぜならば、この世が、いや、この惑星そのものがまさしく地獄の様相を呈しているのですから。これ以上の地獄が別に在るとは思えません。地獄はここだけで充分です。

そしてもし、宗教に関係なく、形而上学とは結びつかない形で、この世以外の世が在るとすれば、そこもまた地獄なのでしょうか。

アパレルワールドの仮説によれば、この世と瓜ふたつの世がほかに無限に存在するとされていますが、その話を聞かされるたびに、正直、うんざりしてしまうのです。勘弁してほしいと絶叫したくなります。

どんな形で在るにせよ、存在するということは、すなわち、苦悩と切り離せない立場を意味しているように思えてなりません。至福のみに彩られた世界などあり得ないということです。幸福だらけということは、その幸福が実感できないということです。実感できなければ、不幸と同じことです。

悲しみがあっての喜びであり、喜びがあっての悲しみということになります。問題は、幸不幸の千差万別の偏りにあるのでしょう。千の不幸のうちにひとつ、もしくは、万の不幸のうちにひとつ幸福が混じっていたなら、それは幸福な人生ということになるのかもしれません。

あの世なるものが存在しないとした場合、だからといって、死後、完全な無に帰することができるのでしょうか。

だいいち、純粋な無の世界が在るのでしょうか。

在ると認識した段階でそれはもう無の世界ではなくなっているのですから、そんなことを考えること自体が徒労なのでしょうか。

死んでみればわかることでしょう。

いや、死んでみてもわからないかもしれません。

レプリカの自由の女神の背後に、教会というか、礼拝堂というか、いかにもそれらしき建物が残っています。たぶん、この場所の雰囲気からして、観光用か、もしくは、結婚式を挙げる場として建てられたのでしょう。いずれにしろ、内部はめちゃくちゃにやられていて、立ち入りが禁止されています。それでも全体としてはほぼ原形を保っています。さほど頑丈な建造物とは思えないのに、どういうわけか近くの建造物と比べてしっかりしているように見受けられます。

ちなみに、寺や神社なども被害が比較的少ないような印象を受けてしまうのはなぜで

しょうか。

立地条件がよかったとか、大木が津波の勢いを弱めたとか、太い柱をふんだんに使ってあるからとか、いろいろな理由があるのでしょうが、総じて助かっているようなのです。この事実を素直に認める私がいます。神仏のたぐいなど物心ついたときから蔑視していた私としては、意地でもこんなことにいちいち感動を覚えたりするわけにはゆかないのですが、しかし、こうした場所でそれを目の当たりにすると思わず信念のゆらぎを感じてしまいます。何という体たらくでしょう。

巨大地震発生からほどなくしてテレビで観た、もっと北にある被災地の一場面が思い出されます。

小雪が舞う被災地をひとりの僧侶がさまよい、ときどき足をとめては目には見えない死者に対して読経をあげているのです。厳めしいその風貌といい、修行を確かに積んでいる証拠としての引き締まった肉体といい、きびきびとした身のこなしといい、まさに本物という印象なのです。一目おかずにはいられない、男一匹です。

どこかの有名な観光寺の、これ見よがしの豪華な衣を纏い、酒太りをした、くそ坊主どもなど、彼に比べたら足もとにも及びません。また、大勢の修行僧の上に君臨し、箸の上げ下ろしまで世話をしてもらい、テレビの教養番組にしばしば登場して人生を偉そうに語るような、有名無実の高僧などとは厳しく一線を画しています。

彼の寺は津波にもってゆかれました。瓦礫の荒野の片隅に自分で小さなテントを張り、自分で最小限の食料を確保しながら、死者の成仏を願う昼と夜を送っているその姿には、神々しさを禁じ得ませんでした。彼自身が神であり、仏であるのかもしれないと、そう思わずにはいられませんでした。

神や仏は天上界のどこかに存在するのではなく、重力によって地上に張りつけられている人間のひとりひとりが神や仏になれる資格を持っているというのが本当のところなのかもしれません。

動物としてこの世に生を受け、長ずるにつれて人間となり、その人間のなかから神や仏に匹敵するような者が生まれてくるだけなのかもしれません。もしそうだとすれば、宗教とは無縁の世界ということになるでしょう。そして、私が領ける世界観ということにもなってきます。

しかし、私はどうやら人間になれるぎりぎりの存在として人生を終わってゆきそうです。そんな気がしてなりません。けだものや、悪魔や、鬼にならなかっただけでもめっけものです。動物と人間の狭間で揺れ動きつづけるこんな私だからこそ小説を書きつづけることができるのでしょう。

でも、息を引き取る間際の私が果たして人間で在りつづけているかどうかはわかりかねます。人間らしい思考力を失い、理性も知性も麻痺し、爬虫類の脳に宿っていそうなしぶとい生存本能のみに支配され、病室でうごめいているだけの自分の姿を想像するとき、憂鬱な気分にならざるを得ません。

さかんにため息を漏らしながら礼拝堂の正面玄関の前をうろついている私は、ここではただの部外者のひとりです。この地を襲った悲劇に対してコメントを発する資格など最初から持ち合わせていない、他者のひとりです。

だからでしょうか、私の視線はもはや四囲の状況に注がれていません。さっきから、見ても詮ない地面ばかりを見ているありさまです。居たたまれなくなったのでしょうか。世界中の不幸や悲劇にいちいち付き合っていたのでは身が持たないという、冷淡にして健全な力が働き始めたのでしょうか。

それにしてもこの世は残酷です。

人間に対する配慮など微塵も感じられない、せっかく見いだした生きる意味など瞬時にして木端微塵にしてしまう冷酷な世界です。

地面に落としたままの私の視線が何かに釘付けになっています。何に興味を持ったのでしょう。身をかがめてみます。平らだとばかり思い込んでいた地べたのあちこちに小さくて短い突起物が見て取れます。それもたくさんあります。どうやら漂着物のたぐいではなさそうです。

さらに目を近づけてみましょう。植物の幹のようです。指の太さくらいしかありませんが、草ではなさそうです。

バラです。

バラに間違いありません。

趣味としてたくさんのバラを長年育てている私だからわかるのです。これはモダンローズの残骸です。しっかりと根が張っていたために辛うじて下の部分の幹だけが残されたのでしょう。あっちにもこっちにもあります。

つまり、この礼拝堂はバラに囲まれていたのです。こんなことがなければ、今ごろは花盛りだったはずです。周辺の雰囲気と相まって見事な景観をかもしたことでしょう。そして、ここで結婚式を挙げるふたりにとっては何よりの祝福となったことでしょう。

しかし、もう駄目です。

根っこが残っていたとしても、ここまで土が海水に汚染されてしまっていたのでは助かる見込みはまずありません。全滅です。諦めるしかないでしょう。動物と同様、植物もまた命を持っている限りは死を免れることができません。そして、その生命力も、やはり強弱まちまちです。

津波に押し流されながら、必死になって松の木につかまって命拾いをしたという被災者がいます。

また、鉄筋コンクリートの建物がひとたまりもなくやられたというのに、無事だった松の木があり、それを復興と希望のシンボルとして残すことにしたという話も聞きました。でも、その松の木の話題がテレビで取り上げられたときにはすでに葉が茶色に変わっていました。あれほど濃い緑が今や見る影もありません。それでも諦めきれない地元住民は根元の周りの土を入れ替えることで助けようと奮闘していました。気持ちはわかりますが、それで助かるかどうかはかなり疑問だと思いました。

でも、このバラの運命よりはましかもしれません。

このバラは絶望的です。死んだも同然です。

いえ、ちょっと待ってください。果たしてそうでしょうか。

私の目がひとつの株に吸い寄せられたまま動きません。何とその幹からはか細い枝が伸びています。しかも、そのあまりに頼りない枝の先に数枚の葉が認められます。そして、つぼみもです。数個のつぼみが肩を寄せ合うようにしてひとかたまりになっているではありませんか。枯れてはいません。これは震災後に吹いた芽であり、ふくらんだつぼみです。その証拠に、そのうちのひとつが、なかで一番大きなつぼみが開きかけています。鼻を近づけてみると、かすかにバラ特有の素晴らしい香りが感じられます。

何という生命力でしょう。

もしかすると、ここのバラのいくつかは生き延びてしまうかもしれません。整地のためにブルドーザーが入るようになるまでには、花が見られるかもしれません。そして、花の美しさを人間たちにアピールすることによって、生き返らせてもらえる確率をぐっと高めるやもしれないのです。ぜひともそうなってほしいものです。そして、生還したバラを愛でる住民たちに命の底力を分け与えてほしいものです。

たぶん、生きるとはこういうことをさして言うのでしょう。これが生きるということなのでしょう。

生きる意味は、ともかくひたすら生き延びることそれ自体にあり、ほかのことではないのかもしれません。

生き抜くことこそが、最大にして唯一の命の目的にほかならないことを、このバラが証明しているのです。

万巻の書物を読破してもぼんやりとしか見えてこなかった、永遠に真理でありつづける真理が、今、私の眼前で、確固たる答えとして燦然と輝いています。このことは、六十年以上生きてきた私のなかにおいて最大の発見であり、最大の感動かもしれません。このバラと出会うためだけにこれまで生きてきたような、摩訶不思議な心地がします。まだ幼かった頃、だしぬけにぽっかりと開いてしまった心の風穴を塞いでくれるものがとうとう見つかったような気持ちでいっぱいです。

そんな私の目が、今度は植物から人間へと移行しています。

かつてバラ園だった場所のすぐかたわらで、三人の男が汗だくになって、ヘドロでいっぱいの、耕作地にはあまりに不向きな地面をせっせと掘り返しています。どうやら畑を作っているようです。

聞けば、ジャガイモを植え付けようとしているのだとか。

これには呆れ返るほかありません。無謀もいいところです。土も入れ替えず、ただそこに日当たりのいい平らな地面があるというだけで畑にしてしまおうというのは、たとえ素人の発想であったとしてもあまりに無茶です。収穫が望めないどころか、芽が出てくるかどうかさえもわかりません。

しかし、かれらの真剣な顔つきと、ぎこちないながらも熱心な仕事ぶりに圧倒されてしまい、疑問をぶつける気持ちにはどうしてもなれません。あとはもう黙って見物しているばかりです。

ひょっとすると、私なんぞにいちいち指摘されるまでもなく、それが至難の業であることくらいは、かれら自身もよく承知しているのかもしれません。わかっていながら、そうせずにはいられないのかもしれません。

つまり、かれらは避難所でじっとしていることに耐えられなくなったのではないでしょうか。与えられるばかりの三度三度の食事、同情と激励の言葉の津波、仲間たちの口から漏れる嘆息と愚痴と怒声、先の見えない異常な暮らしといったことにげんなりしてしまったのではないでしょうか。

そして、ともあれほんの少しでも未来につながるようなことに体を使ってみたいと思い、ぽっと頭に浮かんだことを、成否の問題など考慮に入れずに、ともかく試してみようと決めたのではないでしょうか。

そうとしか見えないのです。

私の心に、ほかっとしたぬくもりが宿ったようです。何やら大きな収穫を得たような、とてつもなく貴重なみやげをもらったような、そんな気分でこの場を離れます。生き残った人々の前途に対する心配の半分が、いや、それ以上がきれいに払拭されています。かれらは何とかするはずです。何とかできる人たちでしょう。

こんな目に遭わされたことで湧きあがってくる底力の強さに、かれら自身も驚き、そして感動しているのかもしれません。自分がこれほど逞しく強い人間だとは夢にも思わなかったという予想外の発見が、その精神を素晴らしい勢いで活性化しているのかもしれません。

ということは、かれらは生き物として本来在るべき姿に戻ることができ、安穏な日々に蝕まれつづけてきた心を劇的に回復させたのかもしれないのです。ために、今後は真の意味における生を営むことが可能になるかもしれません。もしもそうならば、かれらはそれまで狙っていた幸福とは別の幸福を、人間らしい本物の幸福を手に入れたことになるでしょう。

いつしか昼飯時を過ぎています。

さっきまではほとんどなかった食欲が俄然湧いてきています。被災者たちの生命力が乗り移ったかのような気分です。この際、食べられる物なら何でもかまいません。カップラーメンで充分です。

そもそも人間は食べ過ぎているのです。

一人で三人分の食料を消費している経済大国があります。多くの食料が食べられることなく廃棄されているという現実があります。その一方においては、餓死者の数は増えることがあっても減ることはないという現実もあるのです。

こうした被災地に義援金や物資を届けることは、むろん立派な行為に違いありませんが、しかし、自分にとって必要な量の食事の摂取をつづけるということもまた、間接的ではあっても慈善のひとつになるのではないでしょうか。

飲み食いだけが生き甲斐というのは悲しいことです。食欲が満たされるだけの幸福に満足するしかないという境遇もまた悲惨です。その生き方を断ち切れるかどうかが、動物の生き方から足を抜くことの鍵になっているように思えてなりません。

わが国の繁栄は、結局、その程度の発展でしかなかったのです。たらふく食えて、毎日酒が飲めるようになったという、極めて低いレベルの経済成長だったのです。この先へ進むには、本能に振り回されているだけでは話になりません。精神性が強く求められるからです。その段階を通過して初めて人間らしい生き方、人間らしい幸福をつかんだということになるのですが、至難の業です。

比較的大きな規模のスーパーマーケットにやってきました。

気温の上昇と、照りつける太陽と、あふれる光が、大災害の悲劇の名残りを打ち消してしまいそうな勢いです。広々とした駐車場には、難を逃れて新しい暮らしへと踏み出した人々のクルマでいっぱいです。かれらの表情に翳りは認められません。無理をした笑顔とも思えません。その証拠に、目が輝いています。たぶん、私の数倍も輝いていることでしょう。

ハンバーグとコーラの昼飯をとります。

絶対に食通の仲間ではないのですが、しかし、こういう物をこれほど美味いと思って食べたことは、かつて一度もありません。ぱくぱく食べているうちに、若い頃、オフロードバイクと四輪駆動車を駆ってオーストラリア大陸の砂漠を縦断した記憶が甦ってきます。楽しくも過酷なあの旅では、毎日のようにこれと似たような食事をつづけていたからでしょう。

そう言えば、被災地が砂漠に共通した印象を与えてきます。どこがどうということではないのですが、しかし、あっけらかんとした空間に投げこまれたような、どうにでもなれという気分にさせられてしまう、あのときに体験した破れかぶれの心地よさに包まれています。

私は砂漠が好きです。

ああいうがらんとした空間が性に合っていると言ってもいいかもしれません。どんなに気温が高くても、湿度さえ低ければ快適に過ごせる体質なのです。これはおそらく信州という内陸で育ったからでしょう。じめじめした空気にはどうしても馴染めません。生理的に受けつけないのです。

そのせいで、乾燥のなかでしか私の小説が成り立たないのかもしれず、それは湿った情緒が大好きなわが国の人々と相反する好みということになるのでしょうか。

ここを占めている砂漠を彷彿とさせる雰囲気は、もしかすると大津波によって情緒の大半がきれいさっぱり沖合いへと運び去られてしまったことに起因しているのかもしれません。そして、涙なんぞ流している余裕はないという人々の立場が、気持ちのいい乾燥として伝わってくるのでしょうか。

とはいえ、かれらの心が砂漠化したという意味では断じてありません。今後のかれらは、感情から夾雑物がきれいに取り除かれ、そのせいで精神がすっきりした形にまとまり、合理的な思考が可能となり、これまでになく自立した生き方をするのではないでしょうか。

はたまた事大主義と手を切り、自分の人生を自分の手に取りもどし、権力と権威に闇雲に従うような真似は間違ってもしない、個人の自由をどこの誰にも踏みにじらせたりしない、人間らしい人間へと移行してゆくのではないでしょうか。

そうあってほしいものです。

昼食後は、女川町へと向かっています。

瓦礫の撤去のダンプカーや、救援物資の輸送のトラックや、自衛隊や警察の車両がひしめき合う、狭くて曲がりくねった海岸沿いの道を走っています。ほんの僅かな高低差が生死を分けたことがはっきりと見て取れる地形がどこまでもつづいています。高台の

家はすべて何事もなかったかのような安泰に浸っています。

しかし、海沿いの光景は惨憺たるものです。鉄筋コンクリートのかなりがっちりとした大きな建造物が横倒しになっています。基礎として打ちこんだ柱ごと引き抜かれたかのようなありさまです。これには驚きです。咄嗟の場合、そうした建物に避難すれば助かるという説は明らかに誤りです。ここに逃れた者たちはおそらく無事ではなかったでしょう。避難方法を根本から見直す必要があるようです。

それより何より、この女川町にもある原子力発電所が問題です。

これをどうにかしないことには、というか、全面的に廃止しないことには、明るい未来を築くことなど不可能です。安全が確保されたら再開するというような言い種は、特権階級側の、そしてかれらからもらえる飴が目当ての心根の卑しい連中の私欲にあふれた方便でしかありません。電気エネルギーを充分に確保するためには原発もやむなしという論理は、もし原発をすべて廃止の方向で政策を進めたなら経済が大混乱を来し、発展途上国へと格下げになることは必至という説に支えられたものです。

でも、本当にそうなのでしょうか。

原発をなくしてしまったら本当にそういうことになってしまうのでしょうか。

実際には、その気になって腹を括りさえすれば、そして本気になって知恵を絞り、実行力を発揮すれば、どうにかなるのではないでしょうか。

どうにかなるという言い方に賭けるのは、あまりにリスクが大き過ぎるという反論に対して、私はこう再反論したいのです。

原発に関する絶対的な安全の確保など絶対にあり得ない、と。

なぜなら、危険なものは最初から最後までその危険性を所有しつづけるという絶対的な真理に裏付けられており、それに最後まで抗える安全策など皆無だからだ、と。

だからこそ、それを危険と言うのだ、と。

また、今回の地震が最大の規模であり、今回の津波が最大のものであって、今後これを上回るものはないだろうとする、そんな根拠はどこにもないのだ、と。

火山の大噴火や、テロ攻撃や、隕石の落下や、戦争の勃発といった激変にさらされた場合、地震と津波にだけ備えた原発の安全対策が何の役に立つのか、と。

私はそう言いたいのです。

ここ女川町の原発は、さいわいにして津波の難から逃れることができ、地震にも耐えたのですが、しかし、けっして対策が充分であったからという理由ではありません。たまたま福島の原発よりもほんの少し高い位置にあったからというだけのことで、それ以上ではないのです。

要するに、単なる幸運にすぎません。つまり、胸を張って言えるような無事だったわけではないのです。

原発は全廃すべきです。

それもできるだけ急がねばならないでしょう。

結局は一部の連中に多大な利益をもたらすだけの経済など優先させる必要はまったくありません。原発という魔物をこの国から排除できるかどうかに、日本の将来はかかっています。これまで無理に無理を重ねて維持してきた安定と繁栄にいつまでも調子を合わせていたならば、これと同じか、あるいは、もっとひどい悲劇が幾度でもくり返される羽目になります。それどころか、日本という国が、国土を保ちながら消滅するということにもなりかねません。

放射性物質の危険性を正しく理解した上で、これと上手に付き合ってゆくことが大切だと、そう真顔でのたまう、ふた心を持った連中が大勢います。

しかし、かれらは非国民以外の何者でもありません。それどころか、人間でさえないのです。かられこそが正義に対する真の敵なのです。おのれの欲のために、同胞のふりをしながら、平然と我々を死なせてしまう、冷酷極まりない敵なのです。

敵ということは、闘わなければならないということです。

かれらは絶対に屈してはならない輩なのです。連中は個人の自由を圧倒し、一個の狂気としての国粋主義をふりかざしながら自らも破滅へと陥れる、自虐的な愚者にほかなりません。巻き添えにされるのはごめんです。かれらのような人間がこれまでに幾度もこの国を台なしにしてきたのです。その歴史を忘れてはなりません。また、その破滅の構造をしっかりと把握しておく必要があるのです。

かれらにしてやられないための絶好の機会となるのが、この悲劇なのです。

そう受けとめることでしか犠牲者は浮かばれないでしょう。

悲劇を悲劇のまま終わらせてしまうのは、愚民が愚民でありつづけるという、とても残念な、とても恥ずかしい証しです。ということは、本当の意味における先進国にはなれないという証しでもあるのです。

ここで目を覚まさなければ、向こう百年のあいだ惰眠をむさぼるだけの国民というこ

とになってしまうでしょう。

企業は狡猾で、大衆は愚鈍です。

電力会社は、こうした、経済的にあまり豊かとは言えない田舎町に目をつけ、狙いをつけてきます。原発を造らせてもらえば、かくかくしかじかの恩恵があるとアピールし、地元出身の代議士に鼻薬をきかせて炊きつけさせ、普段から金で手なずけてある学者を動員して、強引な説得をくり返し、しまいには思い通りの答えを引き出すのです。

もし地元にいかなる金もころがりこんでくることがなかったとしたら、日本経済の発展のため、公共事業のためと称する大義名分のみで原発を受け容れたでしょうか。

そして、原発の安全神話を素直に信じたでしょうか。

そんなことはあり得ません。絶対に。

要するに、原発を受け容れた地元住民の目的は、最初から最後まで金銭にしかなかったということです。私利私欲のために賛成したのです。ですから、かれらが電力会社に騙されたのだという言い方は半分しか当たっていません。完全なる被害者の立場にあると主張する権利もありません。そんなことを言われても、貧乏な田舎町では原発がなければ生きてゆかれないのだという泣きごとも、結局は見え見えの言い訳です。

もっと貧しくても、自力と工夫だけで何とかやりくりしている町村は全国にたくさんあります。

そんな棚からぼた餅のような美味い話に惑わされ、自分たちにとって一番大切なものを売り飛ばしてしまったことの代償は想像以上に大きいものとなります。今回そのことがはっきりと証明されました。かれらが売り飛ばしたのは、実は人間としての魂なのです。僅かな金と引き替えに、存在の根幹にかかわる精神を譲り渡したのです。もちろん、一番いけないのは、暴利をむさぼるために、物事をあまり深く考えないことが身についてしまっている素朴といえばあまりに素朴な人々を欲で釣った電力会社です。

それはそうなのですが、しかし、かれらのような本物の悪党どものみで成立した悲劇ではないのです。大きな悪を支えているのは小さな悪です。大きな欲を支えているのは小さな欲です。この図式の上に成り立っている不幸なのです。この事実から目を背けるのは公平な見方とは言えません。

国民の側がもっとしっかりしていたなら、こんなことにはならなかったはずです。あんな見え透いた子ども騙しなんぞにひっかかるわけがありません。そうすれば、日本のどこにも原発などひとつも存在しなかったのです。

原発の数は、愚かさと欲の深さに正比例しています。

そんなものを安易に受け容れるということは、自分たちがそういう救いがたい人間であるということを世間に向かって知らしめているようなものなのです。そして、その町を羨望の目で眺めた近隣の市町村もまた同じです。さらには、いざ事故勃発ということになったら、県内も大被害を被ってしまうことに目をつぶってしまった県民も同罪です。

かれらばかりではありません。こんな状況を迎えてしまうまで、原発という野獣がもたらしてくれている見せかけの繁栄を享受してきた我々国民全員もまたその罪を免れられないのです。

この惨劇を前にして、我々国民の全員が自己を問いなおす必要があります。時勢に順応するばかりが能ではありません。日本人の知恵もそこまでだったのかと世界の人々に言われたくないと思うのなら、ここでひとつ奮起し、そうではないところを、本当の賢さを持っているところを示さなくてはならないでしょう。急場しのぎの方策を用いて誤魔化すことが得意の国民を卒業する時期が訪れたのです。原発が廃絶された日本を想像してみてください。

個としての人間に回帰するための忍耐や努力でなければ、何の意味もありません。

首輪をはずすときです。

今こそ、事大主義という名の首輪をはずすときなのです。

万難を排して、自らの手ではめたこの首輪を自らの手ではずすときが訪れたのです。そのためには、精神の自立が必要不可欠です。また、頑健屈強な魂が求められるでしょう。大和魂とは、権力や権威におもねるあまりの自己犠牲を指すのではなく、あくまでおのれの判断で決断し、行動できる、一個の独立した自由な存在としての精神のことを言うのです。

国家が押しつけてくるくびきをはずし、社会が強いる枷をはずし、そして事大主義のせいで自分から求めた首輪をはずさなければ、こうしたたぐいの悲劇は依然として連続性を具えたままでしょう。

女川町をあとにするとき、私は強烈なデジャヴュに襲われました。

ずっと以前、はるかなる昔、この町の、この瓦礫のなかに、まさにここにこうして佇んだ覚えがあるという、鮮明な記憶が脳裏によみがえったのです。こんな鮮烈な経験は

初めてです。

そうした奇怪な衝撃に浸りながら、生き残った人々に幸あれと、かなりためらいがちに胸のうちでとそっとつぶやきながら、私は今、被災地を離れて行きます。

そして明朝は、これから何年間にもわたって降り積もる放射能物質のせいで、必ずしも安全とは言い切れない信州へと帰って行きます。

帰りのクルマのなかでさかんに首の周りをさするのは、おそらく、無意識のうちに首輪の有無を確認しているからでしょう。

あとがき

図らずもと言うべきか、いみじくもと言うべきか、この『首輪をはずすとき』が、今年の前半に同じ駿河台出版社から出した『草情花伝』と好一対をなす内容となったことに我ながら驚きを禁じ得ない。

片や、わが庭を彩る美しい花々の写真と、それにふさわしい言葉で構成された、言わば、この世における極楽浄土の一面を切り取ったかのような本。

そして片や、まさにこの世の地獄をまざまざと見せつける、大地震と大津波がもたらした被災地の光景の写真をちりばめながら、憤怒の言葉のありったけを叩きつけた本。

他のいかなる生物よりも心性を深くする人間が生を営むこの世界は、極楽と地獄の両面を兼ね備えており、そのいずれの側面もが紛れのない現実であって、人間は、というより、誕生と死滅に挟まれたすべての命は、等しくその明と暗の両方を交互にくぐり抜けるように運命づけられている。

それにしても我々は、なんという理不尽な、なんという不条理な存在であることか。あたかも弄ばれるためだけに生まれてきたようなこの在り方に果たしてどんな意味づけをしたらいいのだろうか。神仏のたぐいにすがりつくことでしか生きられそうにない残酷な世界という解釈のもとに安易に宗教に依存し、ともあれこの世をどうにかやり過ごすことに心を砕きながら、夢や希望のたぐいになるべく近づかないようにして、短いとも長いとも思える一生を耐えに耐えて終えてゆくしかないのだろうか。

たしかに、想像を絶する大破壊の現場に身を置くという純粋な体験の直後にはそうした厭世的な気分に傾いたものの、しかし、あれから数カ月を経た今、わが魂は幸不幸の尺度を貫き、神秘的な摂理の彼方まで突きぬけ、おぼろではあるが、人間性の夜明けを直感できるまでになった。つまり、尊厳の欠如に問題の大半が集約されていることを悟り、それなしで生の真の自由に帰属することはあたわないという抜きがたい確信を得るに至ったのだ。

あれほどまでに牙を剥いて大暴れした自然は黙して語らず、そして罰せられることもなく平然と存続し、凄まじい悲劇を前にして自己を問いなおす機会を得た人間たちの様子を、息をひそめてじっと窺っていた。だが、よくよく心耳を澄ますと、この先おまえたちはいかなる生を生き、その生を何で満たしてゆくのかという、あるいは、想像不能で、かつ把握不能な、知る辺なき未来を、空虚に埋められた心と、去勢された精神のみで迎えることができると思っているのかという、そんな声なき声が、廃墟と化した沈黙の世界の奥から聞こえてきたのだ。

この残酷極まりない宇宙は、もしかすると人間がどこまで人間として在りつづけられるかどうかを試しているのかもしれない。自然を蔑ろにし、自然に堂々と抗う、傲慢にして不遜なる怪奇な生き物に対し、そうやってときおり無情な試練を課すのかもしれない。しかし、人間は依然としていつもの人間でしかなく、結局のところ、泣き寝入りするばかりの憐れな弱者でしかない。

それでもなお、被災の結果、恐ろしいまでに深い孤独を負わされた人々の背中に、無限の果てのさらに先に在るやもしれぬ真の人間の後ろ姿をはっきりと垣間見ることができたのだ。人間はまだ人間の中核へと達する力を失っていない。

首輪をはずすとき

2011年10月20日　初版第二刷発行

著者……丸山健二
発行者……井田洋二
発行所……株式会社 駿河台出版社
〒101-0062　東京都千代田区神田駿河台3丁目7番地
電話　03-3291-1676（代）
FAX　03-3291-1675
http://www.e-surugadai.com
振替東京……00190-3-56669
製版所……株式会社フォレスト

ISBN978-4-411-04019-0 C0095 ¥952E

ブックデザイン……宗利淳一
コーディネーター……佐々木憲二
写真&エディター……石田和男